A Casa

existe um lugar onde todos têm direito a uma segunda chance...

Produção Editorial
EQUIPE NOVO SÉCULO

Capa
CHRISTIAN PINKOVAI

Dados Internacionais de Catalogação na Publicação (CIP)
(Câmara Brasileira do Livro, SP, Brasil)

Vianco, André
A Casa: existe um lugar onde todos têm direito a uma segunda Chance / André Vianco - Osasco, SP: Novo Século Editora, 2002.

Revisão: Luzia Bonifácio

1. Romance brasileiro I. Título.

02-5828 CDD-869.93

Índice para catálogo sistemático:

1. Romances : Literatura brasileira

2007

Direitos exclusivos para a língua portuguesa cedidos à
Novo Século Editora Ltda.
Av. Aurora Soares Barbosa, 405 - 2° Andar - Osasco - SP - CEP 06023-010
Fone: 0xx 11 3699-7107
e-mail: editor@novoseculo.com.br

Visite nosso site
www.novoseculo.com.br

Impresso no Brasil / Printed in Brazil

André Vianco

A Casa

Existe um lugar onde todos têm direito a uma segunda chance...

5ª Reimpressão - Novembro/2008

novo século

Esta obra é dedicada as minhas queridas filhas
Giulia e Nathalia
Beijos do papai

Vou contar a história de quatro corações perdidos,
quatro corações que foram açoitados e que
neste conto vão se encontrar.
Quatro corações que estiveram naquela casa
e que nela acharam a paz.
Não duvide do poder da casa,
pois eu já estive lá, e a força é de impressionar.
Ela cura qualquer coração.

Não sei se você me entendeu bem,
mas eu disse: "qualquer" coração.

Esta noite eu tive um sonho.
Um sonho muito estranho.
Eu estava de novo com você.
Naquele mesmo dia.
Naquela mesma chuva.
Na mesma briga.
Juro por Deus que foi o
sonho mais estranho
da minha vida.

Capítulo 1

Rosana olhou para a casa do outro lado da rua. O endereço batia com o do cartão. Era ali mesmo. Sentia a garganta seca, seguida de um súbito mal-estar. A casa era um sobrado simples, mas muito bem conservado. As paredes pintadas de amarelo-ouro, amarelo-vivo, contrastavam com uma faixa estreita de jardim, bem verde e florido. Rosana perdeu a noção de quanto tempo ficou parada daquele lado da rua, encarando a casa, do outro. Examinava as pessoas da fila que se juntava, saindo pela porta principal e chegando ao calçamento. Deveria entrar na fila? Isso não fora explicado pelo entregador. Olhou novamente para o cartão. Simplório. Com o endereço na parte inferior. Uma única frase centralizada. Sem nome de ninguém. Sem pedido, sem indicação. Mas a frase é que apertava o peito. No meio do cartãozinho, com letras finas e impressão preta, lia-se: *O alívio para o coração atormentado está aqui.*

Rosana roeu a unha. Tremia. Era uma mulher de trinta e oito anos e três filhas para cuidar. Não podia ficar dando gancho no emprego, perdendo tempo com cartões misteriosos. Mas e se aquela promessa fosse verdade? E se naquele endereço encontrasse o alívio que buscava? Enxugou uma lágrima que surgira, usando rapidamente as costas da mão. Começou a andar apressada. Ainda dava tempo de chegar ao trabalho, um pouco atrasada, mas sem prejuízo. Correu, com mais lágrimas caindo dos olhos. Estava tão nervosa! Quando estendeu o braço para parar o ônibus, mais uma vez viu que a mão tremia, incontrolável. Que diabos estava fazendo ali, procurando uma casa amarela? Colocou as mãos em concha na frente da boca. Tinha que se controlar, não queria ter outra crise no meio da rua, cercada de estranhos. Subiu no coletivo. Respirava fundo. Olhava para fora. Nervosismo. Medo de ter um ataque. Tinha que se controlar, droga! Era ela que cuidava das filhas. E se fosse internada de novo? Quem ia ficar com as meninas dessa vez? Alessandra já estava bem crescidinha, mas dava um trabalho terrível. Dezoito anos é uma idade difícil para mãe e filha. Conflitos. Enfrentamentos. Tinha que conter seu nervosismo; do contrário, acabaria dentro de uma clínica novamente. Precisava estar em casa nas próximas semanas, não estar internada. A formatura de Adriana, a filha do meio, estava chegando. A menina pedira um vestido. Não queria usar o que Alessandra usara dois anos atrás. Precisava de mais dinheiro para atender o pedido da filha. Era tudo tão difícil!

Rosana enfiou os dedos nos cabelos e abaixou a cabeça até encostar a testa nos joelhos. Por que estava ali, arriscando o emprego? Uma voz calma invadindo sua cabeça repetia que ela estava ali por causa do cartãozinho em sua bolsa. Abriu o zíper e apanhou o cartão de visita. Leu novamente a frase prometendo alívio. Era tudo de que precisava. Alívio. Vasculhou a bolsa até encontrar dois frascos. Um pequeno e translúcido e outro um pouco maior e esverdeado. Retirou três comprimidos de cada um e engoliu-os a seco. Estendeu as mãos diante dos olhos. Ainda tremiam. Fechou-as e abaixou a cabeça. Alívio era tudo de que precisava. Alívio das lembranças do passado que só existiam para atormentar. Tinha medo de lembrar certas coisas. Tinha medo de ficar sozinha. Pavor. Somente com os remédios e com os antidepressivos pesados que ingeria diariamente é que podia continuar andando, continuar parecendo normal. Maldita casa amarela! Casa duma figa! Precisava de drogas, não de uma promessa num cartão estúpido!

Capítulo 2

– Vai ser melhor para nós dois, Hélio. Eu não agüento mais essa sua cabeça. Você deixa qualquer um doido. – disse a mulher, enfática e fatalista.

– Vai você e esse quarto assombrado pros quintos dos infernos, Vilma! Foi esse quarto que deixou minha cabeça assim! Pra que esse quarto, Vilma? Pra quê?

A mulher colocou mais uma peça de roupa na mala, ignorando a pergunta do marido. Já tinham discutido muito por causa do jeito de ela gostar daquele quarto. Por causa do carinho dispensado às estantes entulhadas de passado e gavetas cheias de nostalgia. Ela gostava do quarto, e isso era problema dela.

O homem, bêbado, parou na porta, com os

cotovelos apoiados nos batentes para que o corpo e o quarto parassem de oscilar.

Era toda noite a mesma coisa. Hélio raramente voltava direto para casa. Tinha que passar num bar e encher a cara. Vilma já estava cansada da situação. Amava o marido, mas a cada madrugada acordada pelos escândalos do marido, a cada garrafa de uísque ingerida, aquele amor era ferido e removido, empurrado para camadas inferiores de sentimento. O coração parecia vazio daquele amor que durara dezesseis anos e começara a degradar no dia do nascimento da pequena Mariana. Hélio mudara naquela ocasião. Ele não devolvia o mesmo amor. No peito de Vilma brotara uma incerteza. Daquelas que fazem a gente perder o sono e ficar horas pensando de madrugada. Parecia que ele não gostava da filha.

Hélio também estava cansado. Bebia. Bebia tentando aplacar aquela amargura. O alcoolismo fora despertado dois anos antes. Um choque. Um desespero que não quis dividir com a mulher... falar para Vilma só o faria se sentir menor. Logo ele! O bom Hélio! O cara mais invejado da rua. O dono do carro mais bonito, da esposa mais bonita, do sapato mais caro. O que poucos sabiam é que Hélio era agora dono do coração mais sujo. Bebia para afogar a culpa. Para afogar a consciência e tentar manter a cabeça longe daqueles pensamentos. Sempre que estava sóbrio a depressão vencia. Se estava sozinho, o choro vinha. Era um homem, pombas! Por que chorava? Tudo culpa daquela desgraça que se abatera em sua vida. Por que tinha conhecido Vilma? Por quê? Por que não tinha colocado a droga da camisinha? Aquele fruto fraco só poderia ter sido uma provação. Por que isso na sua vida, Deus?! Teria sido tão ruim em vidas passadas? Mereceria tamanha provação? Essas eram as lutas mais leves do inconsciente. Tinha uma briga ainda mais forte, uma que ele sempre perdia. Ele, que se orgulhava de ganhar, de vencer, perdia sempre aquela contenda. Sempre. Os soluços vinham. O choro desvairado. Parecia um homem louco. Um homem fraco. Tanto sofrimento. Tanto sofrimento. Para que tanto sofrimento? Por que Deus deixava o destino armar contra a gente? Hélio saiu do quarto. Ela que fosse embora. Que arrumasse um canto para ficar. Aquela era sua casa. Ele não sairia dali. Só odiava ficar sozinho. Odiava. Via fantasmas pelos cantos. Uma menina fraca lhe apontando o dedo e o acusando. Quando o fantasma lhe dava paz e se conseguisse ficar sozinho, lá vinham as lembranças de dias ruins. No bar da sala encheu um copo com gim. Tinha que apagar. Tinha que apagar tudo aquilo da lembrança. Sentou-se torto no sofá. Ficou quieto olhando para a luz do lustre refletindo no copo de bebida. Inspirou fundo. Lembrou aquele dia, na piscina. Último lugar. O que ela queria? Tinha falado que a menina não conseguia. Para que insistir? Fraca daquele jeito nunca conseguiria ser uma atleta. Lembrava o rosto de Mariana na ocasião... ela teria o quê, oito, nove anos. Ali na beira da piscina mesmo ele passou o pito. Onde já se viu? Me tirar de casa para passar vexame! Põe na cabeça, Mariana, você é doente, não nasceu para ganhar. E eu não nasci para passar vergonha. Foram essas as palavras de incentivo que ele dissera para a menina. Vilma que a consolasse. Que explicasse por que ela nunca poderia ganhar merda de competição nenhuma. Não podia e ponto, para que insistir? Se fosse inteligente, pelo menos, poderia estudar alguma coisa e se destacar como engenheira... médica, sei lá. Mas nem na escola ia bem. Para que gastar dinheiro, investir numa pessoa que não iria para frente? Estava cansado daquilo.

Hélio tombou no sofá. Lembrava-se da filha na piscina. Nadando, nadando. Último lugar. Quando as duas chegaram em casa, ele não disse nada. Ficou olhando, com cara de reprovação que só ele sabia fazer... um homem capaz de ferroar com os olhos. Vilma ficava furiosa nessas ocasiões. Mariana chorava. Correu para o maldito quarto, em prantos. Aquele mesmo maldito quarto, motivo de tantas brigas! A menina doente tinha ido embora, mas seu espectro ainda infernizava a existência do homem. Hélio encostou a cabeça no couro do sofá e adormeceu.

Capítulo 3

– Vocês prometeram que as bebidas estariam aqui até as sete horas! Eu não posso abrir o bar sem o seu carregamento! Que saco!

Gisela até apertou os olhos por causa dos gritos do chefe ao telefone. Ismael era um perfeccionista. Ficava uma fera quando a ponta de uma falha surgia. E parecia diante de uma agora.

– Não me interessa, Augusto! Ferre-se! Se vira para me entregar essa droga. Se isso não estiver aqui até as vinte horas, pode cancelar todo o pedido. E pode cancelar todos os outros pedidos que tenho com você. Não compro nem mais um litro de pinga de quinta da sua distribuidora! – terminou aos berros, desligando na cara do fornecedor, sem esperar resposta.

Gisela não sabia onde colocar as mãos. Estava ansiosa. Não tinha coragem de olhar para o chefe. Odiava falar com ele quando estava daquele jeito. Ismael era exigente demais. Despedia funcionários num piscar de olhos. Quantos ela já não vira indo embora depois de uma única pisada de bola? Mesmo sendo namorada do chefe, não tinha tanta certeza de não receber o mesmo tratamento na hora de um ataque nervoso daqueles. Chegava a ficar com medo de falar. Chegava a gaguejar. Ainda mais numa situação daquelas, quando trazia mais uma notícia ruim justamente no dia da inauguração de outra casa.

– Essa gente dá furo quando você mais conta com eles. Puta merda, eu tinha falado com o Augusto! Avisei na semana passada. Semana passada! E hoje me vem com essa fala mansa, essa fala mole, pra me dizer que não dá tempo de entregar. Que se der tempo, só depois da meia-noite.

– É. Esse bar tá dando trabalho. E...

– Era só o que faltava. Ainda vem com neurolingüística, tentando contornar com conversinha. Ah! Vá te catar!

– Se acalma, Ismael. Se acalma porque eu nem te contei o que vim contar e você já está quase tendo um ataque.

Ele estava no lavabo, jogando água fria no rosto. O sol invadia o escritório bem montado, com móveis finos e arrojados. Quem entrasse logo perceberia estar diante de um empresário bem-sucedido. Ismael era um trabalhador incansável. Tinha subido na vida fazendo uso de sua garra e tenacidade. Um investidor nato. Um viciado no trabalho. Desde pequeno, todo trocado que via na frente era poupado para uma empresa qualquer. Sempre tentando fugir da pobreza que o rodeava. Conseguira galgar os degraus da mediocridade, gozando agora de uma posição financeira milhares de vezes mais confortável do que aquela da infância e adolescência. Talvez por isso defendesse a perfeição com tanta gana, com medo de perder tudo o que conquistara.

– Pelo amor de Deus, Gisela. Não faz drama. Se tem mais merda acontecendo, desembucha duma vez.

– Eu já liguei umas cem vezes para ele, mas só cai na caixa postal. Acho que tem alguma coisa errada e já são quase sete. Ontem...

– Ele quem, Gisela? Ele quem?

– O Ivan.

Ismael cruzou os braços olhando para a namorada. Ficou quieto e abaixou a cabeça. Mau sinal. Só fazia aquilo quando estava ficando realmente irritado. Talvez até pegasse alguma coisa de cima da mesa para quebrar na parede. Gisela torceu para que não fosse o relógio-calculadora prateado, pois fora ela quem lhe dera de presente.

Ismael esfregou o rosto.

– Eu não vou inaugurar merda nenhuma. Vou cancelar essa palhaçada. – disse rispidamente, em surpreendente voz baixa.

– Não faz isso, Ma. Você mandou convite pra

todo mundo. Acho que mandou pra "todo o mundo".

– É. Mandei. Mas não vou passar vergonha.

– Vergonha? Que vergonha? A casa tá linda! Só deu problema no bar e na luz da pista.

– Na luz da pista?! O que é que aconteceu com a luz da pista?! – inquiriu, voltando a erguer a voz.

Gisela levou a mão à testa. Tinha esquecido que aquela seria a segunda parte, só depois de amansar a fera.

– E não é só um probleminha no bar. O filho da puta do Ivan te ligou?

– Não.

–Tá vendo o que dá confiar nesses estrelinhas? Sempre tomo com esses caras. Sempre. Parece castigo. Não vou inaugurar nada. Avisa a quem der tempo, começa dos maiores para os menores. A gente marca outro dia... melhor, a gente começa outra casa. Esse lugar novo parece que dá azar. Odeio essa sensação. Azar e dinheiro não combinam.

– Não faz isso, Ismael. Você sempre dá um jeito.

– Dou um jeito no que tem jeito. Como vou inaugurar uma boate sem bebida? Me explica. Como vou abrir um bar sem um barman? O Ivan é o melhor da noite. Adiantei uma fortuna para o filho-da-mãe. Agora isso. Vou arrebentar a cara do safado quando ele aparecer.

– Eu ligo para o Digo. Ele pode quebrar um galho.

Ismael calculava o estrago. Tinha dito pra todo mundo que o Ivan estrearia o bar. Também, grande coisa. Se a pista estivesse fervendo, quem iria notar quem estava no comando do bar? O DJ é que não podia faltar. Mas ainda tinha o problema da bebida.

– Liga pro Digo.

– Quanto?

– Paga o que ele pedir. Mas traz esse cara. Com o Ivan eu me viro depois. E se o carregamento do Augusto não chegar até as oito, não é pra chegar mais. Se aparecer mais tarde, manda devolver tudo. Vou dar um jeito. Preciso dessa bebida até as oito. Abrimos às dez.

Gisela anotou na prancheta.

– E a luz?

– Se vira com a luz, Gisela. Já tenho um abacaxi grosso pra descascar. Ache o responsável e faça essa merda funcionar até as nove. Você tem duas horas e vinte minutos. Dá pra inventar um mundo em duas horas.

Gisela saiu da sala.

Ismael sentou-se em frente ao computador e acionou a agenda eletrônica. Pagaria mais caro, mas forraria o bar com a melhor bebida. Inauguração é assim: impressionar convidados e imprensa, depois esperar o retorno do investimento. O Augusto que se danasse. Não colocaria mais nenhum litro de coisa alguma em suas casas noturnas.

Ismael chegou ao condomínio às seis da manhã. Gisela caminhava sonolenta, amparada em seu ombro, atravessando a espaçosa garagem em direção à casa. O carro esportivo soltava vapor do capô quente, molhado pela garoa. Ao lado, repousava uma imponente pick-up Pajero, reluzente, impecável.

Acendeu as luzes da residência. Acomodou Gisela no sofá da sala. Estava cansado também. A festa fora um sucesso. Somente a falta de Ivan martelava sua cabeça, pois apenas por esse detalhe não considerava a inauguração um evento cem por cento. Os convidados, de toda sorte de classes e afinidades, certamente não tinham notado o barman. Só a imprensa especializada. Justamente a parte que mais interessava na inauguração. Clubbers e technos, gays e lésbicas, sarados e preparadas, loucos e caretas, estavam todos espremidos na pista, chacoalhando o corpo suado na batida do DJ Zeck. Ismael pensava agora em como suprir a falta do melhor barman da cidade. Talvez contratando alguém de fora. Inglaterra, Irlanda... gente boa é o que não ia faltar. Sentou-se à mesa do escritório em casa. Ligou o computador. Acendeu um cigarro. Acionou "Lista de Contatos". Conseguiria um bom barman. Surpreenderia a imprensa. Traria uma estrela de fora. Alguém do circuito internacional. A casa chamaria a atenção da mídia especializada. Ismael sorriu com o cigarro no canto da boca. Ivan estava descartado. Fora do baralho.

Capítulo 4

– Cê tá bem louca de novo, né, Leon?

A garota balançou a cabeça concordando.

– Cê tem que parar com isso, Leon. Não agüento mais. Não dá mais.

Leon estava sentada debaixo da janela, deixando a luz do sol pegar em seus pés. A voz de Célia chegava distorcida aos ouvidos. A cabeça parecia pesar dez vezes mais que o comum. Os movimentos eram lentos, e o tempo linear parecia ter se fracionado, tudo acontecendo quadro a quadro. Célia falando. Falando. A voz empapada nos ouvidos. Será que se quisesse conseguiria entender? Leon tentou. Riu. Caiu na gargalhada.

Célia, que andava para lá e para cá na casa, estacou quando a gargalhada começou. Ficou olhando para Leon.

– Eu devia te botar na rua, Leon. Te colocar

numa clínica. Cê vai morrer, cara. Pára com isso.

O riso não parava. E era isso que emputecia Célia. Sabia que o riso não pararia nos próximos vinte minutos, pelo menos.

– Amanhã, quando eu te pedir a grana para ajudar no aluguel, tu vai dizer que não tem. E sabe por que não tem, Leon? Sabe?

Risos. Leon se remexeu. Ficou silenciosa. Olhava para o pé, como que enfeitiçada pela luz que atingia os artelhos.

– Porque você enfiou tudo no rabo, Leon. Leon! Cê tá me ouvindo? Não vai ter dinheiro porque injetou tudo nas veias.

Célia enfiou as mãos nos cabelos e correu para o quarto. Bateu a porta atrás de si com estrondo.

Leon viajava. Cantarolava uma nova canção. Depois de alguns instantes se arrastou até o gravador portátil ao pé da estante. A sala ampla estava bagunçada. A parede de tijolos à vista, pichada, com seu nome e o de Célia grafitados repetidas vezes. Um desenho artístico. Célia levava jeito para o grafite. Era uma artista. Leon finalmente apanhou o gravador e o acionou. Cantarolava e gravava. Só assim para se lembrar da canção quando estivesse sã.

A porta do quarto se abriu. Célia apareceu num vestido florido de tecido leve. Corpo exuberante. Não era exatamente magra, mas dona de curvas estonteantes. Um decote atraente. Estava linda. Apanhou a bolsa ao lado da garota.

– Boa viagem, Leon. Eu não vou ficar aqui

agüentando isso. – disse, batendo a porta e saindo para a rua.

Leon parou de cantarolar e voltou às gargalhadas. Tentava ouvir o que Célia dizia, mas o som chegava embolado aos ouvidos. Só podia traduzir os próprios sons e gemidos. Só tinha mente para a canção que explodia na cabeça e para a sensação distorcida de tempo e espaço. E era só isso que queria em sua cabeça.

Leon acordou. Fome. A barriga queimando. Levantou-se do carpete. Os olhos vermelhos. O cabelo curto bagunçado. Parecia ter dormido uma vida inteira. Olhou pela janela. Já era noite. A sala não tinha divisão com a cozinha, dando ar de loft ao apartamento. Abriu a geladeira. Nada que lhe apetecesse. No entanto, a barriga continuava pedindo comida. Apanhou um tomate vermelho. Fatiou-o e temperou com um pouco de sal, azeite e orégano. Estava pronta a refeição. Aquilo deveria matar a larica.

Sentou no sofá com o prato de tomate no colo. Calças largas. Uma blusinha agarrada ao corpo. Uma touca de lã na cabeça. Apanhou o pequeno gravador, apertou o rewind e em seguida acionou a tecla play. Balançava a cabeça acompanhando a canção. Sorriu. Era boa! Largou o prato de tomate cru e foi até o amplificador ao lado da estante. Ligou o aparelho e pegou o contrabaixo. Começou a tirar as notas. Sorriu novamente. Era isso! Perfeito! Adorava tocar. Tinha nascido para aquilo. Para ser possuída por uma banda expoente. Aumentou o volume do amplificador. Mais notas entusiasmadas. Depois de cinco minutos, estranhando o silêncio, desligou a caixa. Foi até o quarto e reparou que Célia não estava. O sorriso sumiu. A filha-da-mãe tinha saído sozinha. Leon passou a mão no cabelo vermelho bagunçado, encostou a cabeça no batente e suspirou. Tinha que parar com aquela merda. Estava perdendo a última coisa que lhe restava na vida. Estava perdendo Célia.

Capítulo 5

Gisela acordou às oito da manhã por causa de uma dor danada no pescoço. Estava no sofá, na sala da confortável casa de Ismael. Confortável?! Só o sofá parecia renegar ou desconhecer esse adjetivo. Olhou em volta. Onde estava o namorado? Foi direto ao primeiro lugar a procurar, qualquer canto onde existisse mínima infra-estrutura para Ismael dar telefonemas ou sentar-se à frente de um computador para extravasar as idéias e organizar a agenda via internet. Era um workaholic incorrigível. Contudo, para sua surpresa, Ismael não estava diante do computador, não estava no escritório doméstico. No quarto? Subiu até lá. Se estivesse dormindo naquela cama superconfortável, pagaria com a vida por causa de seu incômodo torcicolo.

Gisela adentrou o quarto abrindo as cortinas. Ismael não estava. Voltando para a sala, um tanto chateada e sonolenta, caiu novamente no sofá, deixando o olhar vagar. Só então notou aquele post-it largado em cima da baixa mesa de centro, móvel caro e de bom gosto adquirido numa recente visita à Tok & Stok. A folha amarela gritante, contrastando com a peça de madeira, negra como petróleo, tinha passado despercebida no seu despertar. A letra de Ismael, corrida, fina, rápida, deixava um recado:

"Fui trabalhar. Coma alguma coisa. Durma até as onze."

Ao lado do bilhete, a chave do Astra.

Gisela expirou prolongadamente, quase resmungando. Estava cansada demais para comer... Uma coca-cola light, talvez. Iria tomar uma ducha e cair na cama. Pelo recadinho gentil, tinha mais três horas de sono. Depois, levantar e sair com o carro para o escritório. O dia prometia ser cheio. Corrigindo? todos os dias ao lado de Ismael eram cheios.

* * * * *

Gisela acordou sobressaltada. O celular tocando insistente. Muito barulho na cabeça. Os olhos pareciam cheios de areia. Que era aquilo? Gritou um "au" ao se levantar, o pescoço ainda doía, lembrando o torcicolo. Onde estava? Casa do Ismael. Cama do Ismael. O celular tocando. Apertou os olhos e abriu de novo, difícil enxergar. Aquele barulho. Estática. Ora entrava a voz de um comercial de rádio, ora voltava a estática pavorosa. Volume alto. Droga. O despertador. E o pior, não tinha acordado na hora programada. Só depois com o celular tocando em seu ouvido. Apanhou o aparelho. Correu ao rádio-relógio. Duas horas da tarde! Puta que pariu! O Ismael ia ter um treco. Provavelmente era ele ligando. O namorado ia ter um ataque. A agenda estava cheia. Só conseguiu desligar o rádio tirando o conector da tomada. Olhou para o celular. O display mostrava "quatro ligações perdidas, aperte send para ligar". Só podia ser o Ismael. Doido da vida, naturalmente. Gisela apertou o send. O número que surgiu na diminuta tela não era do Ismael. Ia desligar para falar com o namorado em primeiro lugar quando o número discado começou a chamar. "Hospital Israelita Albert Einstein...", começou a gravação.

– Albert Einstein, boa-tarde. Em que posso ajudar? – tornou a voz cordial de uma telefonista.

Gisela desligou automaticamente. Só podia ser um engano. Hospital? Não tinha nenhum amigo médico. Pensou na mãe. Ia ligar para ela quando decidiu checar as outras chamadas perdidas. Todas do mesmo número. Do hospital. Encostou o aparelho no peito, aflita. Talvez não fosse uma coincidência. Chamou novamente o número na tela.

– Albert Einstein, boa tarde. Em que posso ajudar?

– Olha, tentaram me ligar aí do hospital. Eu queria saber quem foi. Não sei como...

– Quem ligou, senhora? De qual departamento?

– É isso que eu quero explicar. Só tem o número de vocês aqui. Ligaram quatro vezes. Acho que não foi engano.

– Tem algum parente internado aqui, senhora?

– Não.

– Nenhum nome?

– Não.

– Assim é difícil ajudar, senhora. Se a senhora não sabe quem ligou, não tenho como transferir a ligação.

Gisela suspirou. Estava agoniada. Faria mais uma tentativa.

– Por favor, pode verificar se deu entrada uma mulher com o nome de Ma...

– Vou transferir para a internação, senhora. – disse a telefonista, sem dar chance para a mulher responder, já ouvindo outra gravação de espera.

Gisela não precisou aguardar muito. Logo, outra voz respondia ao telefone, um rapaz, dessa vez.

– Internação.

– Oi, boa tarde.

– Sim?

– Pode verificar se minha mãe deu entrada nesse hospital?

– Posso, senhora. Qual é o nome dela?

– Maria Regina Costa Garcia.

– Maria... Garcia... – murmurou o rapaz, enquanto a mulher ouvia o som de um teclado.

– Não. É Maria Regina Costa Garcia.

– Calma, senhora. Estou vendo o primeiro e o último nome.

Gisela sentiu-se ridícula. Aflição faz com que a gente atropele as coisas. Ficou calada esperando a resposta do profissional.

– Não. Nenhuma Maria Garcia, senhora. Mais alguma coisa?

– Não. Obrigada. É que o telefone de vocês aparece no meu celular quatro vezes. Acho difícil ser só uma coincidência.

– Não tem recado na caixa postal, senhora?

Sentiu-se ridícula pela segunda vez em menos de cinco minutos. Agradeceu e desligou. O desenho de um envelopinho na parte superior do display indicava a existência de ao menos uma mensagem na caixa postal. Enquanto discava para o serviço, agradecia a Deus por não ser nada com a mãe. Quase interrompeu a ligação ao lembrar-se de Ismael. Se ela não chegasse exatamente naquele instante no escritório ele ia ter um treco. Levantou-se e foi ao banheiro. Ligou a ducha, deixando a água esquentar. Começou a se despir com o celular colado no ouvido. Digitou a senha. Uma mensagem. A voz começou. Graças! Não era o Ismael aos berros. Graças 2! Não conseguiu entender nada. Era alguém do raio do hospital, ao menos isso entendeu... Depois, o som diminuía, entrecortado. Maldito celular! Estava de calcinha quando desligou e acionou via voz o número do namorado. O display mostrou “Amor”. Chamando. Sentou-se no vaso sanitário. Falaria com o namorado primeiro, entraria na ducha depois. Quando atendeu, fechou os olhos esperando a bronca. Para sua surpresa, uma voz calma atendeu. Uma voz que não era do Ismael. Uma voz calma e de mulher! Filho da mãe!

– Alô?

– Alô. – respondeu Gisela.

– Sim?

– Quero falar com o Ismael.

– Ele não vai poder falar agora, senhora.

– Como assim? Passa o telefone para ele, agora. – exigiu, ciumenta, não entendendo o que aquela fulana fazia com o telefone do namorado.

– Filha, ele não pode falar agora. Quem está falando?

– Escuta aqui, “filha”, quem está falando é a mulher dele, tá sabendo?! Deixa eu falar com o Ismael agora!

– Calma, filha. Você é a mulher dele? Não conseguiram falar com você?

– Não.

– Eu sou enfermeira do Albert Einstein. Acho melhor a senhora vir para cá o mais rápido possível.

– Deus! Fala sério! É o Ismael? O que ele tem?

- Ele teve um mal-estar na rua. Está precisando de você aqui. Ligamos várias vezes, mas a senhora estava dormindo. Foi o que ele nos disse.

– Deus. O que ele teve? Ele está bem?

– Ele está precisando da senhora aqui. O quanto antes.

Gisela fechou o aparelho. Estava lívida. Faltava algo debaixo dos pés. O chão, talvez. Sentia um bolo se formar no estômago. Deus do céu! Colocou a roupa às pressas e, quando chegou ao Astra não tinha certeza de ter desligado a ducha. Precisava voar para o Einstein. Precisava estar com Ismael.

Ao chegar, foi encaminhada ao setor de cardiologia. Ismael estava na enfermaria, em observação. Dormia, sedado,ao que parecia. Gisela enxugou uma lágrima, mãos trêmulas sobre o rosto. Sorriu timidamente: só assim para ver aquele viciado no trabalho dormindo um pouco. Só na marra. Ismael era tão obcecado pela gestão ininterrupta de seus negócios que chegava a passar semanas tirando apenas cochilos de uma hora por dia. Era impressionante e triste ao mesmo tempo. Tomava rebites para se manter aceso. Bebia energéticos de meia em meia hora. Quantas vezes não havia implorado para ele parar um pouco?... Para ele parecer normal. Ela tinha perdido a conta. Obcecado pelo trabalho, nunca tinha tempo para um cinema. Nunca relaxava. Telefonemas, funcionários, pedidos, problemas, dinheiro, imóveis. Uma coisa atrás da outra. Um compromisso seguido do outro. Almoço de negócios, jantar de negócios. Um escravo do próprio império.

Quando finalmente um médico veio lhe falar, aos poucos as coisas foram sendo explicadas. O namorado tinha passado mal na rua. Tinha pedido para ser trazido ao Einstein. Chegou com palpitações, uma taquicardia, falta de ar e desorientação. Fizeram eletro. Infarto descartado, mas havia lesões no músculo cardíaco. Lesões de eventos anteriores. Ismael precisava ficar em observação e também de repouso nos próximos dias. Também foi recomendado que ele começasse acompanhamento por um cardiologista. Um check-up era bastante recomendável. Ismael sofrera um ataque de stress. Precisava descansar. Tirar férias. Alguma coisa que fizesse diminuir aquela ansiedade. O stress é um mal que, se não for debelado, mata aos poucos.

Gisela concordou. Acrescentou informações, dizendo que o namorado realmente não parava. Não dava um tempo. Era um alucinado pelo trabalho. Um workaholic. Prometeu que quando fosse liberado o colocaria em bermudões e camisetas e que o obrigaria a visitar algumas praias. Sem celular. Sem computador. Só água de côco e massagens nas costas.

O médico sorriu, dizendo que era disso mesmo que Ismael estava precisando. Despediu-se, deixando a mulher sozinha no corredor, aguardando a alta do namorado. O que deveria acontecer dentro de seis horas.

Capítulo 6

Hélio acordou com o sol batendo no rosto. O calor tinha feito a face transpirar, empapando o colarinho da camisa junto ao couro do sofá com um coquetel desagradável de saliva e suor. Um gosto de cabo de guarda-chuva na boca. Um cheiro azedo, curtido. Tinha soltado as tripas no carpete. Que horas eram?

Levantou-se tonto. A cabeça ainda girava e, instantaneamente, começou a latejar. Tinha exagerado na última noite. Caminhou encurvado até a janela e fechou a cortina do apartamento. O sol estava incomodando. Limpou um fio de baba que estava grudado no rosto. Foi até o banheiro escovar os dentes. Ficou parado diante do espelho por cerca de cinco minutos. A cabeça tinha entrado num transe. Parecia não pensar em nada. Olhava para o rosto magro, olhos encovados e olheiras profundas. Estava cansado daquela vida. O corpo estava cansado daquela vida. Mais dois anos enchendo a cara daquele jeito e iria para baixo da terra. Não se importava com tal destino desde que a cabeça o deixasse em paz. Tirou a gravata ainda enroscada no pescoço, a camisa azul e a calça. Os músculos doíam. Tomou uma ducha morna, buscando relaxar o corpo. Logo estava no corredor, enxugando o cabelo, passando a toalha suavemente, para evitar a incômodo da ressaca. A luz do quarto de casal estava acesa. Lembrou que não encontraria Vilma na cama. Ela tinha deixado um par de malas no canto da sala para buscar mais tarde. Vilma tinha ido embora. Como também tinha ido a filha, Mariana. Na porta do quarto da menina, no meio do corredor, um papel, preso com durex. A letra de Vilma, pedindo que não mexesse no maldito quarto da filha morta. Ela viria retirar as coisas de Mariana.

Hélio pousou a mão na maçaneta do quarto da menina. O coração acelerou. Sempre sentia o mesmo desconforto quando abria a porta. Aquela pressão angustiante. Por isso que há mais de um ano não punha os pés ali. Sempre que entrava as coisas voltavam à cabeça com mais força. Foi ele quem encontrara a menina no chão. O corpo frio, exangue. Tinha morrido aos doze anos, subitamente, numa madrugada. Estava deitada de costas, braços estendidos, como se presa a uma cruz invisível. Os pés juntinhos, amarrados com uma toalha. Nunca entendera aquilo... aquela coisa da toalha. Mariana, por alguma razão, tinha arrastado o criado-mudo para o meio do quarto. Na ocasião, Hélio ficara quase um minuto imóvel, olhando para a menina, dona daquele corpo mirrado, irritantemente fraco. O sofrimento tinha chegado ao fim. Nada de corridas estressantes ao hospital. Não seria mais necessário. Lembrou o choro desesperado da mulher. Vilma não aceitava o problema da filha. Ele já estava preparado, na verdade; apesar de esconder, ansiava por aquele momento de libertação. Sabia que isso aconteceria mais dia menos dia... aquilo aconteceria a todos, cedo ou tarde. Pra que tanto circo?! Com Mariana era certo que aconteceria mais cedo do que tarde, os médicos não davam esperanças, já tinham falado um milhão de vezes, avisado e preparado. Hélio tirou a mão da maçaneta. Desconforto. Lábios secos. Lembranças secas. Não iria entrar. Não queria entrar. Só lembranças ruins. Sentia calafrios. Sentia medo do maldito quarto! O peito pulando de tanta ansiedade. Não queria lembrar. Vilma que viesse pegar o que quisesse. Podia levar aquele quarto inteirinho. Tudinho. Oxalá pudesse levar embora também as lembranças que assombravam seus pesadelos.

Entrou no quarto de casal. O guarda-roupa estava aberto. Vilma tinha levado um bocado das coisas. Era melhor assim. Não formavam mais um casal. Desde que ele se entregara ao alcoolismo, não eram os mesmos.

Hélio abaixou-se e pegou o cartão. Lembrança da noite passada. A lembrança vaga do rapaz de rosto pálido lhe entregando o cartão. Tinha deixado o retângulo branco de papel cair ali no quarto. Tinha entrado no apartamento com o cartão amarrotado na mão. Um cartão de visitas. O rapaz balbuciara uma coisa em seu ouvido. O som alto do bar, a pinga nas idéias, tudo tinha dificultado o entendimento naquela hora, mas naquele instante as palavras vinham vivas na memória. Ele tinha dito alguma coisa sobre alívio. Tirar o peso do coração. Voltar a ser livre. Hélio deitou-se na cama e colocou o cartão diante dos olhos. Um endereço e uma frase. No meio, com letras finas e impressão em tinta preta, lia-se: *O alívio para o coração atormentado está aqui.*

Hélio pousou o cartão no peito e fechou os olhos, deixando o tórax subir e descer conforme respirava. O cartão prometia tudo o que ele queria. Alívio para o coração. Alívio. Lágrimas desceram dos olhos em direção aos seus ouvidos quando começou um pranto sentido. Aquele homem jogado na cama, chorando feito criança, daria tudo para ter só um pouco de alívio.

Capítulo 7

Rosana estava excitada. O coração batia acelerado. O vapor do banho demorado escapava do banheiro invadindo o quarto de casal. Em cima da cama, esticado, passado, impecável, um vestido vermelho. Um vestido curto, decotado, sensual. Rosana secou-se vagarosamente. Espalhou um óleo aromático sobre a pele. Cheirou-se. Imaginou as mãos de Marco apertando seu corpo. Seria dele aquela tarde. O corpo bem feito, de pernas grossas e seios belos, seria de outro. O marido parecia estar pedindo. Ela nunca havia traído Celso. Nunca quisera e até mesmo duvidava de que realmente pudesse fazer aquilo, mas precisava atirar-se numa tentativa. Precisava ser de outro homem. Tinha quase certeza de que ele, Celso, estava com outra mulher. Agia de modo estranho. Distante. Não conversavam mais. Tudo era motivo para brigas e discussões. As meninas se trancavam no quarto, temendo a troca de farpas do casal. Ela, Rosana, sempre terminava chorando. Estava acontecendo sempre nos últimos meses. Mais do que o comum, mais do que simples brigas de casais. O relacionamento estava estragado, estagnando e se decompondo a olhos vistos. O amor tinha acabado. Celso não a procurava mais. Não lhe dava carinhos. Não a olhava nos olhos. Poxa, apesar de três filhas, ela era uma mulher atraente! Não tinha nada de errado, nada fora do lugar. Os homens paravam para olhar quando passava na rua. Um corpo feminino, sensual. Uma tentação, como já ouvira da boca dos outros. Por que o desprezo? Celso não se explicava. Celso não conversava. O marido só fazia evitar. Ele só podia estar envolvido com outra. E ela iria se vingar. Iria ter outro também. Iria ensinar ao marido com quantos paus se fazia uma canoa. Sentindo a respiração alterada, perturbada e passional, colocou a lingerie mais sexy, meteu-se no vestido vermelho colado às curvas e mirou-se no espelho. Estava perfeita. Queria estar feliz também. Feliz em trair. No entanto, não conseguia. Era mais uma vingança do que um desejo. Marco era aluno da academia de ginástica que ela freqüentava. Um partidão. Moreno, alto, magro e malhado. Objeto do desejo de qualquer menininha. Serviria. Ao menos um homem na Terra estaria fazendo uso de seu corpo. Um homem estaria interessado nela, em suas histórias, nas coisas que tinha para contar. Um homem lhe daria um sorriso quando chegasse, e a faria se sentir atraente, se sentir desejada... amada, mulher. Rosana sentou-se na poltrona do quarto de casal. Colocou os cotovelos nos joelhos e apoiou a cabeça nas mãos. Olhando para o chão, via o resto do vapor que saía do banheiro se desvanecer. Seria aquilo que queria mesmo? Não tinha certeza. Mas era o que faria. Apanhou a bolsa em cima da cama e disparou pela porta, batendo-a atrás de si.

Quando o som da porta se fechando violentamente chegou aos seus ouvidos, Rosana sentou-se assustada. O barulho das filhas no corredor do apartamento. O coração disparado. Olhou para a mão em frente ao rosto. Os dedos tremiam. Sentou-se à beira da cama e apanhou um dos vários frascos de comprimidos dispostos sobre o criado-mudo. Aquele pesadelo de novo. Aquele maldito dia de novo. Fora há tanto tempo, mas as lembranças teimavam em reger sua vida. Maldito dia. O único dia em que traíra o marido. O único dia que seu corpo fora de outro homem, além de Celso. Celso... Rosana levou as mãos aos olhos umedecidos. Era por isso que vivia à base de calmantes. Não conseguia carregar a culpa sem se drogar. Estava à beira de um novo colapso. Um novo ataque. Além da transa ter sido uma porcaria, outras coisas tinham complicado e precipitado tudo. Celso poderia estar ali, ao menos com as meninas, até hoje. Mas ela chegara bêbada. Bêbada e com a meia-calça rasgada. Meia hora depois, lutando contra a embriaguez, sentada na frente do vaso da suíte, vira Celso colocar duas malas no chão. O marido movia a boca e ela o escutava dizer que estava indo embora. Que estava deixando a casa. Que não ia quebrar sua cara em respeito às meninas. Rosana não sabia por que, mas tivera um acesso de riso naquele instante. Celso quase quebrara a promessa, agarrando e chacoalhando-a violentamente. Arrastou-a até o box e a largou debaixo do chuveiro com água fria caindo na cabeça. Celso dissera que ficaria fora de casa por uma semana para esfriar as idéias e não cometer uma besteira. Aquele instante patético ficara gravado em sua memória e não deixava de visitá-la um dia sequer. Sempre lembrava a hora em que Celso a deixara no box, se virara e saíra pela porta. A última vez em que vira o marido. A última vez.

Rosana levantou-se da cama. Olhou para a porta do quarto. As meninas estavam tendo uma discussão. Deu um passo em direção à porta quando as lembranças voltaram. Era a pior parte.

Foram as meninas que a encontraram no chuveiro. Desligaram a água fria e, com dificuldade, ajudaram a mãe a se levantar e a se livrar do vestido vermelho ensopado. Rosana apagou, acordando só na manhã seguinte. Olhou para o guarda-roupa sem as peças do marido. O casamento tinha acabado? Acabado de vez? Rosana chorou muito naquela madrugada. Não era o que ela queria. As meninas passaram a semana toda perguntando pelo pai, que não aparecia. Como explicar? Celso deveria estar realmente muito decepcionado para nem procurar as filhas que ele tanto adorava. Cada uma delas era tratada como um tesouro. Mimava demais as pequenas... só estando muito perturbado para não vê-las. Quando completou exatamente uma semana da separação, Otávio, amigo do casal, chegou ao apartamento. Rosana não quis dar ouvidos. Que merda era aquela? Mandar o amigo em casa! Para quê? Pegar as meninas? Pegar mais roupas? Rosana deixou a raiva possuir seu corpo e descarregou os cachorros em cima do pobre Otávio. O homem estava nervoso, tremia de tão nervoso. Isso irritou ainda mais Rosana. Por que ele não desembuchava logo? Detestava homem frouxo. Odiava gente com tremedeira. Só quando Otávio caiu sentado no sofá com os olhos cheios de lágrimas é que Rosana parou com os gritos. Tinha alguma coisa errada. Otávio não era homem de chorar.

– Que foi, Otávio? Nunca te vi assim. Desculpa minha agressividade, mas estou puta da vida com seu amigo. Nem para ver as meninas ele apareceu. – desabafou a mulher.

Otávio abaixou a cabeça e tentou retomar o controle.

– Fala, Otávio. Você, com essa tremedeira, está me deixando nervosa.

– Se tivesse que contar o que eu tenho pra

contar, se estivesse no meu lugar, estaria nervosa também, Rosana. Eu não sei falar dessas coisas, pô!

– Você veio aqui para defender o cachorro do seu amigo? Se for isso, pode ir levantando e...

– O Celso morreu. – disse secamente.

Como que arremessada no vácuo, sem ponto de apoio, Rosana se lembrava de ter se calado imediatamente e passado a digerir aquele gelo no estômago. Só podia ser mentira. Um engano. Ficou olhando para o amigo do casal em silêncio. Lágrimas surgiram. Silêncio. Dor no peito. Não poderia ser verdade. Mas o Otávio dizia que era. Dizia que Celso estava no ônibus do acidente. Que não resistira aos ferimentos e que precisavam que um parente fosse lá reconhecer o corpo, dar andamento na papelada. Otávio sabia que eles estavam brigados, mas nessas horas... e ele nem conhecia mais ninguém também... ele não era parente, não poderia poupá-la daquele momento. Rosana sentiu o ar faltar. As meninas. A culpa...

Desse dia em diante, a vida de Rosana naufragou no mar dos desesperados.

Capítulo 8

Passava das duas da manhã quando Leon ouviu as chaves girando na fechadura. Levantou-se do sofá. Célia entrou arrumando os cabelos longos e escorridos. Tirou as sandálias antes de entrar.

Ao vê-la Leon começou:

– Que é? Tá com medo de fazer barulho para não acordar a trouxa aqui?

– Eu molhei as sandálias, Leon. Não quero sujar a sala.

– Onde cê tava?

– Fui encher a cara. Beber. Algum problema?

– Encher a cara? Sozinha?

– Que é? Acha que só você pode se drogar nessa casa? Pensei que você fosse a moderninha do pedaço. Vai fazer caso por meia dúzia de cervejas?

Leon ficou sem graça. Andou até o amplificador. Esfregou o rosto.

– Com quem você estava?

– Com ninguém, Leon. Com ninguém.

– A gente não fica com ninguém na rua até

as duas da manhã, Célia!

– Eu tava precisando dar um tempo, Leon. Você acha que é fácil viver assim?

– O que não é fácil? O que é difícil?

– Eu tô cansada, Leon. Dou um ralo danado para nós irmos para frente e você... você simplesmente não está nem aí.

– Ah, é! É difícil viver comigo? É isso? Eu sabia! Sabia que você era igualzinha todo mundo!

– Ah, Leon, não vista essa roupa de vítima para cima de mim, não. Agora tá todo mundo errado e só você está certa, injustiçada. Seja responsável, aceite a verdade, Leon: é difícil agüentar você.

– Por quê?

– Porque você se droga o tempo todo. O tempo todo, cara! Você vive em função disso, cara. A gente nem conversa mais.

– Esse papo de novo. Eu prometi tentar largar. Tentar! Eu vou parar, vou diminuir a dose, o uso... Eu consigo.

– Mas tu não tá diminuindo, Leon. Tá aumentando cada vez mais. Tô de saco cheio de viver com uma drogada dentro de casa. Não dá mais.

– Uma drogada! Porra, Célia... – Leon perdeu a dureza da expressão entregando a decepção, sentando-se derrotada no sofá.

– É, Leon. Não dá para tapar o sol com a peneira. Você não é só usuária. Você não se controla, cara. – Célia, percebendo que atingira em cheio a parceira, aproximou-se e tocou-lhe o rosto. – Você tem tanta coisa bonita pra dizer. A gente se dava tão bem. Mas você perdeu o controle totalmente, Leon.

– Porra, Célia. Cê tá parecendo meu pai. Fica me discriminando. Que palhaçada.

Leon continuou no sofá. Os olhos vermelhos não disfarçavam a tristeza. Passou a mão no rosto e continuou, voltando ao tom agressivo.

– Odeio isso, Célia. Odeio. Se pra você chega, pra mim chega também. Que vida inútil a minha. Viver discriminada. Pelos pais. Pelo amor. Eu preciso é de ajuda, Célia, não de esporro.

– Leon, eu te ajudo pra cacete. Já me ofereci para pagar um tratamento para você...

– Cê queria me internar, Célia! Com aquele bando de doentes! Eu não sou doente! – gritou, depois tornou mais calma, vacilante, querendo se convencer do que dizia e explicar a situação. - Só tô precisando mais agora... mas isso vai passar... eu acho que consigo... não sou uma viciada... eu...

– Passa nada, Leon. Faz um ano que você entrou nessa piração. Não pára. Até tua grana sumiu. Sua banda sumiu. Como vai arranjar dinheiro para o aluguel? Esses são os sinais, Leon, são os sinais! Sua vida tá virando um zero. A minha vai virar um zero também se eu não der um corte. Chega, Leon! Chega! Estou sofrendo e não vou sofrer mais. A gente dá um tempo até você provar pra mim que largou essa merda.

– Dá um tempo o escambau, Célia! Você tá me discriminando! Igualzinho meu pai. Quando meu pai descobriu que eu gostava de mulher, queria me encher de porrada. Só isso tá faltando. Querer me bater.

– Eu nunca ia te bater, Leon. Eu te amo.

– Depois que brigamos, fiquei cinco anos sem falar com meu pai. Só fui no enterro e fiquei olhando de longe. Nem pude assistir o enterro do meu pai como gente, sabia? A pobre coitada da minha mãe, sozinha de família, rodeada por estranhos.

– Pô, Leon. Eu não sabia disso.

– Eu sei. Sua cabeça estava ocupada demais em me prejulgar, me discriminar, em ficar maquinando um jeito de se livrar da drogada da Leon.

Leon foi para o quarto e bateu a porta.

– Aceita o tratamento, Leon. Aceita a clínica. Você precisa de ajuda profissional. – suplicou Célia, colada à porta.

Leon abriu repentinamente a porta e foi ao amplificador. Desplugou o baixo e passou a correia no pescoço.

– Pára de me chamar de drogada, caralho. Pára. Eu largo essa merda quando eu quiser. Só tô precisando de mais agora. Para esquecer meu pai. E vou precisar de mais um pouco. – andou até a porta da sala e abriu-a. – Para esquecer você.

Leon bateu a porta.

Célia balançou a cabeça reprovando. Abaixou a cabeça e amparou-a com a mão. Não ia correr atrás da garota. Leon tinha que deixar as drogas por conta própria. Estava claro que não ia aceitar a ajuda de ninguém.

Capítulo 9

Hélio não conhecia aquele bairro da periferia. Nunca tinha estado ali. Trafegava em baixa velocidade procurando pelos nomes da rua que tinha encontrado no Guia Quatro Rodas. Não tinha bebido nada. Estava em busca de ajuda. Em busca de salvação. Fugia do passado. Fugia do quarto assombrado. Quando a filha Mariana faleceu, não sentira culpa, não sentira remorso. Não sentira nada. Talvez sentisse algo parecido com a sensação de "dever cumprido". Ele havia alimentado aquela menina. Havia sustentado aquela menina. Havia suportado. Sabia que a filha tinha sido um erro. Culpava Vilma por ter lhe dado uma filha fraca. Uma filha que nunca seria uma vencedora, uma guerreira como ele. Aquela menina sempre estaria à margem. Fraca. Um fruto mal gerado. A chegada do bebê acabera com sua vida. Ele tinha tantos planos. Possuía o melhor. O melhor carro da rua. O melhor aparelho de som entre os amigos. O melhor salário. A esposa mais bonita. Por que não tinha a melhor filha? Ou ao menos algo de que pudesse se orgulhar? Não sentia culpa em pensar assim. Ele era um homem especial. Racional. Um homem acima da média... Tinha batalhado duro para cercar-se de status. Varava dia e noite trabalhando, traçando estratégias, realizando coisas, economias e investimentos. Nada podia dar errado. Logo, tinha o direito de ter uma filha decente. E ela, a filha, nem à média chegava, nem medíocre era. Ao invés de forte, era a mais fraca, a menos inteligente, a mais vulnerável da turma. Era pequena... talvez fosse isso que mais o irritava. Putz! Como irritava! A menina era pequena! Toda vez que ela tentava alguma coisa, o coração não deixava. O coração doente moldava um corpo raquítico e frouxo em torno de si. Um coração defeituoso, que não permitia ao corpo gerar força, correr, cansar-se.

Lembrava muito bem o dia em que seu peito de vencedor se partira. Estava na maternidade, ansioso, esperando para ver a filhinha recém-nascida. Os outros pais acotovelavam-se diante do vidro grosso que separava a área de visitas do berçário. Hélio estava feliz naquele dia. A filha viria para que ele lhe ensinasse as coisas da vida. Os segredos da felicidade. A garra de um vencedor. A persistência e obstinação. Queria imbuir a filha daquele sentido, como se fosse nato, de batalhar para ser a primeira em tudo. Os pais ao redor sorriam felizes dos filhos, se compraziam das pequenas criaturas que chegavam agitadas e chorosas. Mas ainda veriam o que era um bebê lindo, grande e saudável. Se a menina puxasse a beleza da mãe, facilmente seria a criança mais bela trazida nos braços das enfermeiras. Colocaram um bebê pequeno e magro na sua frente. No primeiro instante Hélio nem deu atenção àquela aberração raquítica e de cabeça grande. Como era pequeno! espantou-se observando o bebê num segundo instante. Depois, os olhos bateram na prancheta amparada no leito do bebê. Frio no estômago. O peito doeu. Leu nitidamente o nome da esposa no papel. Os olhos percorreram o bebê nu. Uma menina pequena. Dor. Olhou para as etiquetas presas no braço e no tornozelo do bebê. O nome da esposa se repetia. Garganta seca. Aquilo só podia significar uma coisa. A coisinha pequena era a sua filha. Os olhos de Hélio percorreram os outros leitos de recém-nascidos. A certeza de que não existia bebê menor que o seu o inquietava. Achava que tinha algo de errado. Aquela não era a sua filha. Não poderia ser. Era a menor, pombas! A dele tinha que ser a maior, a melhor... a mais bela, como tudo que o rodeava. Aquela... aquela era assustadoramente pequena.

Hélio tinha fechado os olhos e esperava o farol verde. Abriu os olhos, abandonando momentaneamente as amargas lembranças. Pelo que via no mapa, estava chegando ao endereço. Era avesso a mistérios, mas aquele era um convite irrecusável. O que encontraria? Um consultório de psicologia? Talvez. Um desses moderninhos, com técnicas *new age.* Não se importava. Queria era livrar o peito dequela agonia. Daquela culpa. Farol vermelho. Calor. Esperar.

A culpa surgiria depois de uma visita ao maldito quarto mantido pela Vilma. A esposa não tirara nada de lá desde o funeral da menina. Estava praticamente como na noite em que Mariana faleceu, faltando apenas um lindo vestido branco no guarda-roupa, encerrado na cova funda com a filha. Até aquele fatídico dia, o da visita, nunca se culpara pela sorte da filha. A imagem da maternidade era um desgosto, não exatamente uma lembrança de culpa. Fora um momento ruim. Repulsa. Mas a merda era que toda vez que fechava os olhos, depois da inesquecível visita, as lembranças, outrora meramente amargas, se tornavam cortantes. As lembranças machucavam seu coração, dragavam suas forças e empurravam suas pernas para a beira de um balcão de bar, para entornar litros de bebida destilada e afogar a consciência no mar da embriaguez. Mas a porcaria do álcool não era um corretor de erros. Não conseguia passar um branquinho na memória do destino nem funcionar como máquina do tempo. As imagens sempre voltaram, mostrando exatamente o que tinha acontecido, esfregando-lhe na cara o que tinha feito e como havia tratado mal a menina. O pesadelo que ele mesmo criara havia erguido um castelo assombrado por um homem imbecil e uma garota doente.

– Essa é a sua menina? – tinha perguntado um pai na ocasião do nascimento, homem de cabelos grisalhos e óculos de armação grossa, com um sorriso largo e olhos fixos na criaturinha chorosa no mini leito do berçário.

Hélio olhou para o bebê raquítico, e a resposta escapou-lhe natural.

– Isso aí não é minha filha, não. A minha eu ainda estou esperando.

Todos que vinham perguntar, recebiam a mesma resposta. Ele não queria o bebê. Não tivera coragem de dizer a ninguém que a criancinha chorosa e feia era sua filha. Olhava os bracinhos se debatendo, estranhando o excesso de espaço em volta. Hélio não se emocionava. Quando a esposa perguntou no quarto sobre a menina, disse que ainda não conseguira vê-la e logo trocou de assunto. No segundo dia, foi embora do hospital. Não suportava ficar perto de Vilma. Nem de Mariana. Não suportava olhar para aquele bebê pequeno e fraco, de olhos grandes e respiração difícil.

Buzinas. Hélio abriu os olhos. Farol verde. Engatou a marcha. Rodou mais cinco minutos até encontrar a rua. Uma rua larga. Muro alto e branco de um lado, o cemitério. Casas do outro. Acompanhou a numeração, diminuindo a velocidade à medida que se aproximava. Uma casa. Uma casa amarela. Um sobrado com pequeno jardim na frente. Gente amontoada na porta e uma fila que saía pelo portão com quatro ou cinco pessoas aguardando para entrar; no jardim, mais umas oito pessoas enfileiradas. Nenhuma placa. Nenhum letreiro. Não se parecia com clínica alguma, muito menos hospital; a seus olhos uma simples casa. Que raio de lugar era aquele?

Hélio encostou em frente ao muro branco. Um mendigo na calçada, sentando, falando sozinho. Hélio atravessou a rua. Segurou o cartão roto na palma da mão. É, não restava dúvida. O endereço era aquele mesmo. Só se tivesse errado de cidade. O cartãozinho não dizia a cidade. Hélio passou a mão pelo queixo. Chegou na última pessoa da fila, um homem baixo e de pele morena, trajando roupas simples.

– O senhor sabe o que tem lá dentro?

– Tem mais gente. – respondeu secamente o entrevistado.

– É... isso dá pra ver. Mas que lugar é esse?

– É uma casa, homem. Não dá pra ver?

Hélio bufou e balançou a cabeça negativamente. Gente mal educada. Impacientou-se antes de aguardar um minuto. Saiu da fila e atravessou o portão, tendo de se espremer entre as pessoas que se amontoavam. Com dificuldade alcançou a porta de entrada, mas ali passava uma pessoa de cada vez, e um sujeito grandalhão coordenava a passagem. Hélio se dirigiu a ele.

– Por obséquio, o que tem aí dentro?

O homem o olhou com atenção.

– Quem te mandou aqui?

– Eu tenho um cartão.

O porteiro olhou para o pedaço de papel na mão do visitante.

– Ótimo. Então significa que poderá entrar quando chegar sua vez.

– O que tem aí dentro?

– Filho, vai para a fila. Quando chegar tua vez tudo será mostrado. Mas vai para a fila. – insistiu o porteiro, calmamente, olhando para as pessoas que queriam passar. – Está bastante agitado hoje. Fica lá fora, por favor, tenha paciência.

Hélio, aborrecido e sem respostas, voltou para a calçada. Acendeu um cigarro e encostou-se no muro, logo atrás do antipático homem baixinho e moreno. Coçou o queixo. “Tenha paciência”. Paciência era o que menos tinha. Os olhos vagaram pela calçada buscando a porta de um bar. Talvez um gole trouxesse paciência para a espera. Espera por algo que nem conhecia. O que haveria depois da entrada? Não parecia um centro de consultórios. Muita gente simples na fila... não combinava com psicólogos caros. Talvez um curandeiro, um daqueles charlatões que proclamavam rezas e cobravam uns trocados pela boa ação mais um bom dinheiro por um placebo milagroso qualquer.

Depois de dez minutos, como a fila não havia avançado um único centímetro, Hélio abandonou o posto, atravessou a rua e entrou no carro. Deu partida, amassou o cartãozinho de visitas e arremessou-o pela janela, saindo em alta velocidade. Estava precisando de uma dose de uísque, não de ficar mofando em frente a uma casa cheia de gente feia e ignorante que não podia dizer o que tinha ali dentro.

Capítulo 10

– Eu estou ficando louca, Samuel. Preciso de alívio. Preciso esquecer tudo para voltar a viver. Eu simplesmente não agüento mais.

– Já discutimos isso tantas vezes, Rosana. Você tem que aceitar tudo o que aconteceu e entender que o destino não está nem estava em suas mãos.

– Mas é tão difícil, Samuel! Tão difícil conviver com a idéia de que suas filhas são infelizes por sua culpa. Não consigo ficar dez minutos em paz quando percebo tristeza no olharzinho delas. Quando chega o Dia dos Pais, então, é uma tortura, Samuel. Elas não me falam nada, mas os olhos dizem. Eu tento racionalizar, colocar na cabeça que aquele acidente não foi culpa minha, mas não é fácil aceitar que terminei o casamento com um homem maravilhoso e que acabei matando ele. – lamuriou Rosana, baixando a cabeça até os joelhos, escondendo o choro.

– Já falamos desse assunto, Rosana. Quem nos garante que ele não estaria naquele ônibus, naquela hora? Quem? Era o ônibus que ele tomava para ir do trabalho para casa, todo dia, no mesmo horário, todo santo dia. Na minha opinião, teria acontecido sem ou com a separação.

Rosana enxugou as lágrimas e limpou o nariz que começava a escorrer. Estava no consultório de seu psiquiatra. Há muito não era mais caso para psicólogo. Isso a assustava. Isso a desequilibrava ainda mais. Olhou para a paisagem através da janela do consultório no décimo andar. Um campo verde bem próximo. Talvez um campo de golfe, um parque, não dava para ver dali.

– O que eu preciso é de alívio, doutor. Alívio.

– Eu vou providenciar alívio para você, Rosana. Não se preocupe. Alívio não será problema.

O médico rabiscou no receituário e estendeu o papel para mulher. Chamou o ramal da secretária e passou instruções. Despediu-se da paciente, que deixou a sala.

Rosana parou na mesa da secretária. A mulher entregou-lhe três caixas de tarja preta. Rosana meneou a cabeça e, acintosamente, guardou as embalagens na bolsa de couro, saindo do consultório. Chamou o elevador. Estava quieta. Olhos parados. Irritada. Era o único alívio que Samuel poderia providenciar. Mais drogas. Mais remédios. Nenhuma paz.

Rosana fez um lanche rápido. A hora do almoço tinha escoado com a ida não planejada ao doutor Samuel. Parou na Casa do Pão de Queijo e pediu um sanduíche Tropical. Não sabia que estava vivendo feliz, pois, preocupada com a loja cheia e a possível demora na feitura do seu pedido, tinha esquecido momentaneamente dos comprimidos e do passado. Era por isso que lutava para continuar empregada. Precisava trabalhar para manter a casa, as filhas. Uma luta, sem dúvida. Mas o trabalho era necessário principalmente para absorver seus pensamentos, alienar seu eu e conserva-la longe do passado. O trabalho era necessário para mantê-la viva.

Uma vez, num período de desemprego, Rosana fora parar numa clínica psiquiátrica. A pressão era demais quando ficava em casa o tempo todo, sozinha. Sempre voltavam as recordações. Às vezes, começavam com os momentos felizes da família. Um passeio. Uma estadia na praia. As meninas felizes, correndo com as perninhas cobertas por areia. Porém nunca tardavam os dias ruins. As brigas. O princípio do fim. Lembrava-se das suspeitas. Sentia que o marido tinha outra. Nunca tivera certeza. Celso se fora. Uma semana sumido. Depois a notícia de sua morte. Uma bomba. Uma bomba porque ela ainda o amava. Amava muito. Celso era o homem da vida dela. E a tristeza era ainda maior porque sabia que ele, apesar da casca estranha que tinha crescido entre o casal, também a amava. Estavam vivendo uma crise. Uma crise conjugal. Mas ela havia cismado com a história de ela ter outra. Talvez nem existisse uma outra, só aquele mal-estar mesmo. Aquela crise. E ela decidiu se vingar dum crime incerto. Decidiu ter outro. Ter outro homem na cama. Outro homem no corpo. Desencadeou a ruína em sua vida, pois voltara para casa bêbada. Rindo. Dizendo asneiras, querendo atingi-lo. Pressionara Celso. O marido saíra de casa para nunca mais voltar. Culpava-se por ter diminuído o pai perante as filhas. Tudo era culpa sua. Tudo! Celso saíra possesso. Dissera que ficaria fora por uma semana até as coisas se assentarem em sua cabeça. Arrumara as malas com rapidez. Mas nem ele nem ela puderam prever a morte no caminho. A morte quando saía do trabalho. Celso morrera sem ver as filhas. Uma semana perdida. Celso morrera sem falar com Rosana. Uma vida perdida. Celso se fora. Uma vida perdida. E por isso Rosana se culpava tanto. Por ter tramado o plano que levaria Celso à morte. Quando ficava desempregada ou de férias, quando não arranjava algo para ocupar completamente a cabeça e a concentração, ela pirava. Ela vivia presa nessa montanha-russa de culpa e remorso. Recebia facadas contínuas no peito. Ia às lágrimas rotineiramente. Era um suplício. Um martírio. Nem os remédios ajudavam. Nem os mais fortes. Dessa forma, acabou numa clínica, tendo alta com terapia ocupacional, medicação forte e duas visitas por semana ao doutor Samuel. Voltando a trabalhar, as coisas sempre melhoravam. Sempre. Mas os remédios se faziam necessários para manter o controle. Às vezes, mesmo num dia atribulado, as lembranças vinham e a pegavam de jeito, engessando cérebro e músculos. Mesmo com a agenda cheia. Sem consulta prévia ou hora marcada. O descontrole chegava. Em questão de minutos, as mãos começavam a tremer e as lágrimas desciam. Rosana estava desesperada. As crises eram constantes nos últimos dias. O passado parecia cobrar alguma coisa e não queria deixá-la em paz. Rosana estava com medo.

Capítulo 11

Ismael estava quieto. Acabava de ouvir todas as recomendações do médico que o atendera no hospital, prometendo seguir as recomendações. Que iria ver ainda naquela semana um cardiologista. Tinha o rosto abatido e as feições preocupadas. Estava cansado. Tremendamente cansado. Recebia alta. Já eram quase oito da noite. Gisela esperava ao seu lado, ouvindo atentamente os conselhos do doutor. Ismael sabia que ela não daria folga. Ficaria em cima, controlando. Levantaram e foram em direção ao estacionamento. Ismael calado. Lembrando algo. Gisela notou. Sabia que nem que ele tivesse sofrido um ataque cardíaco estaria tão quieto.

– O gato comeu sua língua?

Ismael sorriu para a namorada. Entrou sem responder, sentando-se no banco de passageiros.

Ela apanhou a chave com o guardador de carros e tomou seu lugar. Adorava aquele carro. Cheirinho de novo. Bancos de couro. Um namorado calado.

Quando passavam em frente ao estádio do Morumbi, o celular de Ismael tocou. Olhou para a tela de cristal líquido e estendeu o aparelho para a namorada. Gisela atendeu. Era um senhor dizendo que a Pajero não cabia na garagem dele, que estava ficando tarde e perguntando se alguém ia lá apanhar o carro do moço. Gisela anotou o endereço, apoiando um papel no volante e prendendo o celular na orelha com o ombro. Buzinas atrás dela porque a mulher tinha diminuído demais a velocidade. Gisela prometeu arranjar alguém para buscar o veículo. Ligou para o motorista de Ismael, que trabalhava com transporte entre as casas noturnas. Seu Oliveira conhecia o endereço e ficou de arrumar alguém para ir com ele até o local. Devia levar a Pajero para a casa de Ismael.

– Eu tive um sonho estranho, Gisela. – disse repentinamente Ismael, cortando a conversa da moça.

Surpresa pela ruptura do mutismo, desligou rapidamente para acompanhar o namorado.

– Estranho? Estranho como?

– Muito estranho.

– Tipo, uma luz, um túnel? Viagens após a morte? – perguntou, com um sorriso brincalhão nos lábios.

– Não. Sonhei com uma casa.

Gisela ficou quieta. Não sabia que o namorado sonhava. Desde quando? Também, depois de milênios, finalmente tinha dormido mais que uma hora inteira seguida; era natural sonhar.

– Foi o sonho mais estranho que já tive.

– Você vai me desculpar, mas qualquer sonho para você vai parecer estranho, Ma. Você nunca dorme, então nunca sonha. Quando sonha é estranho. É que nem quem não fuma, quando vai fumar um cigarro, de embalo, acha estranho.

– Pára de graça, Gisela. – reclamou o homem, voltando a se calar, o olhar perdido para fora e as luzes da cidade refletindo em seu rosto.

– Conta pra mim o seu sonho.

Depois de um breve silêncio, Ismael continuou:

– Sonhei que eu estava numa casa.

Fechou os olhos e reviu a casa. O sol cortando entre os ramos de árvores cheias de folhas verdejantes. A luz refletindo na pintura viva da casa. Uma casa amarela.

– Era uma casa simples... acho que é um sobrado. Eu nunca tinha visto aquela casa. Um jardim na frente. Uma fila. Tanta gente querendo entrar. Então, me chamaram para dentro. Fiquei numa sala cheia de ladrilhos. Umas molduras velhas na parede... com fotografias, recortes de jornal. – Ismael parou quando os pêlos dos braços arrepiaram-se. – Estranho. Tão real que me assusta.

– Você está indo bem, mas até agora parece um sonho normal. O que foi estranho?

Ismael pareceu afundar no banco de passageiros. Gisela não viu, mas uma lágrima desprendia-se do olho direito do namorado, que rapidamente enxugou-a, como se escondesse um segredo.

– Quando eu me sentei na sala daquela casa, senti tanta paz, Gisela, tanta paz que eu nem sei explicar. Paz que eu nunca tive. Um alívio que persigo há anos. O porquê de eu trabalhar tanto? Sabe por que dou esse ralo danado? Você não sabe...

– Para vencer. Ser rico. Ter mais, ser o melhor...

– Para encontrar paz, Gisela... Encontrar paz. Encontrar alívio. É por isso que eu ralo tanto. Para ocupar a cabeça e ficar em paz. Mas parece que nunca é o bastante.

Ela olhou para o homem sentado no banco ao lado. Um ser humano, afinal. Sentiu pena dele. Ismael estava mostrando um lado sensível. Estava visivelmente emocionado... diferente.

– É por isso que eu dou um ralo danado. Quero um pouco de alívio na minha vida. Um pouco de paz. Eu só me fodo. E ao invés de encontrar paz, quase paro na U.T.I. Isso não é justo. Isso não é recompensa.

– O negócio é ter muita calma nessa hora. Vamos para casa. Vou te botar na cama. Você tem que relaxar um pouco. Tomar um chazinho de camomila. Um suquinho de maracujá. Tem que reservar um tempo do dia para ficar relaxado. Calmo. Descolar um hobby.

Ismael fechou os olhos e cerrou os punhos, quieto por um minuto. Inspirou fundo.

– Antes de ir para casa quero dar uma passada na Nest.

– Ismael?! Fala sério, cara! Você está saindo do hospital agora! Quer fazer o que na Nest?

– É a minha nova casa. Inaugurada ontem. Preciso ver o que está acontecendo. Não quero nada estragando o nome da casa.

– Cê não tá falando sério! Quer ir mesmo na Nest? Eu não acredito. Um segundo atrás estava se abrindo, relaxando, agora quer começar tudo de novo. Não ouviu o que o médico disse? *Slow down.* Diminui um pouco.

– Se você não quer ir, ótimo. Desce e pega um táxi. Se quiser, cala a boca e conduz para a Nest. Eu tô legal. Não vai ser um mal-estar à-toa que vai me tirar do controle das coisas. E chega de sermão por hoje que eu já tô de saco cheio de nego buzinando no meu ouvido.

– O bom e velho Ismael ressurgindo das cinzas.

Gisela não protestou mais. Sabia que seria impossível demovê-lo. Seria mais fácil fazer um camelo passar num buraco de agulha do que Ismael dar o braço a torcer.

Vinte minutos depois entravam na Nest. A casa tinha acabado de abrir as portas, e uma multidão se amontoava para entrar. A repercussão da inauguração tinha sido boa. Ismael tinha nascido para aquilo. Sabia exatamente o que o cliente queria numa casa noturna e, sobretudo, sabia o que eles não queriam. Sucesso e trabalho: Ismael adorava aquilo.

Capítulo 12

Hélio retirou dois pacotes do banco do passageiro. Estava tonto com o desequilíbrio proporcionado pelo efeito da bebida. Recostou-se no carro, tomando fôlego.O álcool estava acabando com sua saúde. Infelizmente num ritmo muito mais lento do que o esperado pelo desesperado alcoólatra.

Encarou demoradamente os dois volumes embrulhados para presente. Ergueu os olhos para os portões largos, mirou o trajeto e afastou-se do carro. O estômago indócil revirava. Capaz de vomitar ali na frente. Suor frio na testa. Não importava se bebia ou não, sempre que chegava ali no portão sentia-se mal. Preferia então cruzá-lo bêbado, mais valente, de outra forma poderia até desistir antes de chegar à primeira fila. Olhou para as cruzes, para as lápides. Era triste a visão do cemitério. O cemitério triste. A gente morta. Cheio de velas e caixões. Apertou os olhos. O sol forte e a bebida faziam-no transpirar. Tirou um lenço do paletó, esfregou-o na testa. Lembrava-se do caminho. Não podia esquecer. Dez quadras para baixo no corredor quatorze. O setor das crianças. Fotografias nas lápides. Bebês, meninos, meninas. Meninas... Mariana. Mariana. Postou-se em frente ao túmulo da filha. Já chorava. Não dizia nada. O choro saía franco, sofrido. Os olhos fechavam e abriam. As flores viçosas e a vela acesa acusavam a presença anterior de Vilma. Caiu de joelhos no caminho estreito e asfaltado. Mato crescendo entre os jazigos. Encostou a testa na laje azulejada. O nome de Mariana em letras negras estampadas no túmulo. A data de nascimento acima da data da morte revelava a vida breve da criança doente. Da criança triste e fraca. A criança que nunca tivera um pai. A criança que morrera esperando por um sorriso daquele homem duro e insensível, que só tinha olhos para o próprio umbigo e para a reputação imbecil que prezava tanto. A reputação de "bonzão", de "melhor da rua". Hélio soluçava. Como queria ser dono de um botão "volta e apaga"! Refazer tudo. Fazer tudo diferente. Dar uma chance para menina viver aquela fatia rala e insossa de vida de forma um pouco mais alegre, com um papai presente. Hélio mostrou ao túmulo os embrulhos. Rasgou o primeiro pacote e dele retirou uma caixa de papelão. De dentro da caixa, uma blusinha cor-de-rosa.

– Feliz aniversário, Mariana. O papai comprou uma blusinha da cor que você mais gosta. – disse o homem.

Hélio estendeu o braço pela portinhola do jazigo e depositou o presente em cima do sepulcro cimentado. Sentou e recostou-se no túmulo.

Aos poucos o choro parou. Minutos de silêncio. O barulho do vento cortando o campo santo. O som das árvores farfalhando, embalando o sono eterno dos sepultos.

Hélio suspirou. Desembrulhou o segundo presente de aniversário. Como fizera nos três últimos anos, comprara o mesmo livro. O livrinho que aparecia no diário de Mariana. O livrinho que a menina esperara a vida toda que o pai apanhasse na loja e cuja história o pai lesse para ela. O livrinho do bravo príncipe que salva a princesinha das garras da bruxa malvada.

O homem bêbado precisou se concentrar para ver direito as letras. Botou-se de joelhos novamente, mantendo a coluna flexionada para que a cabeça chegasse perto da portinhola do jazigo. Na sua irracionalidade catapultada pela bebida e na emoção, o homem esquecia que era indiferente preocupar-se com que o som chegasse em bom volume ao fundo da cova. Pigarreou para melhorar a voz e começou a leitura com uma inflexão pastosa, atrapalhada, mesmo assim continuou firme. Era um livro infantil, de capa dura e desenhos fartos, pouco texto, permitindo que o esforçado leitor não tardasse em alcançar o ponto alto da narrativa, quando o príncipe valente, depois de suas espirituosas andanças em busca da amada, vencia a bruxa e encontrava a princesa adormecida, fora de seu alcance, lacrada no fundo do calabouço. Hélio conhecia de cor o trecho tantas vezes lera o livro nas visitas incertas e nas noites insones no apartamento. Inconsciente, tomado pela emoção do texto, flexionava-se ainda mais e estendia a mão para dentro do jazigo, fazendo as vezes do príncipe valente e bradando para que a princesinha acordasse do sono enfeitiçado e se pusesse de pé para ir embora para casa.

– ... vem, princesinha! – bradava o pai, dando voz ao cavaleiro da história. – Sai da escuridão e vamos embora daqui. Não tenhas medo, princesinha, pois eu já matei o dragão e venci a malvada bruxa. Já limpei o caminho até nosso ensolarado castelo onde te espera o amor e a compreensão. Vem, princesinha! Deixa essa cela escura e me dá a mão. – declamava repetidamente o homem, como se o pranto e o arrependimento lhe atribuíssem poderes mágicos, capazes de fazer com que sua princesinha realmente o escutasse e que finalmente seu pedido fosse atendido e um dia pudesse arrancá-la daquela clausura e chegar em casa com Mariana, devolvendo a filha para Vilma e para o convívio familiar.

Contudo, nunca seu pedido era atendido, e quando o efeito do álcool começava a desvanecer e a emoção abrandar, o homem desistia da leitura, sem jamais voltar a ler o desfecho feliz que era legado exclusivo do livrinho infantil.

Hélio calou-se, recolheu a mão e encostou a testa no azulejo marrom. O pranto voltou, e o homem permaneceu no cemitério até a hora do fechamento dos portões, quando o sol descia no horizonte e o céu começava a banhar-se do negrume da noite. Raios riscaram a paisagem. Um trovão roncou demorado. A chuva estava chegando. Hélio era um homem infeliz, dono de um coração machucado, vítima de uma mente estragada e traiçoeira que lhe botara traves nos olhos, impedindo-o de enxergar e aproveitar o tesouro mais lindo que a vida pode dar a um homem... o amor incondicional que uma filha dá a um pai.

Capítulo 13

Leon estava decidida a realizar a última viagem. Com os trocados derradeiros entrara sozinha num quarto de motel de quinta categoria e comprara uma dose para uma excursão de primeira classe ao Jardim do Éden.

Tirou a correia do baixo do pescoço e depôs o instrumento sobre o chão de tacos. Um tapete circular cafona resumia todo o esforço decorativo do ninho de amor. Uma cama de madeira rústica coberta por um lençol encardido no canto do quarto apertado. Uma cadeira descascada que, por pequenas sobras de tintas, dizia que um dia fora azul. Era todo o mobiliário.

Leon estava à vontade. Desde que deixara a casa, deixara para trás as frescuras também. Homossexuais sozinhas não podiam se dar a muitos luxos para se virar. Fora dos grupos de amigos verdadeiros, garotas interessadas e simpatizantes, não encontravam muitas mãos para dar uma força. A vida praticamente impunha um estilo "largado" aos que "se viravam". Mas, a bem da verdade ela sempre fora despojada. Gostava de viver aquele estilo "largado", sentia-se bem. Roupas rasgadas. Calças largas, sem demarcar o traseiro. Blusas para esconder os seios pequenos. Facilmente confundida com um moleque. Sentia-se bem assim. Sentia-se bem naquele ambiente. Por que haveria de se preocupar com a aparência do quarto depois de tomar aquele partido? Não tinha mais que se preocupar com Célia. Célia que se danasse! Era uma outra! Leon não tinha mais vontade de se preocupar nem consigo própria. Desapontada com a vida. Deprimida. Queria apenas submergir. Fugir daquele para um outro plano. As drogas faziam isso. Faziam, mas a fada madrinha não permitia que o psicoafastamento fosse duradouro. Ela levava ao baile, mas você tinha que voltar sempre antes da meia-noite. Voltar. Voltar para a realidade. Para a vida dura. "Vida dura, que não aceita falha", como dizia aquela música. Voltar sem sapatinho de cristal perdido. Sem príncipe, ou princesa, atrás do pezinho encantado. Sem magia. Sem alegria. Só a garganta seca e o corpo conspirando. O corpo e a cabeça pedindo. Pedindo para voltar ao baile da Cinderela. Fada madrinha maldita. Vara de condão penetrante, que chegava à veia, derramando o feitiço perverso. Contos de fadas espalhando-se pelas veias. Final infeliz. Dor. Sonho. Torpor.

Leon relaxou e abriu a mandíbula, soltando a tripa de mico. O ar escapou dos pulmões, entrecortado. O braço pendeu à beira da cama, segurando frouxamente a seringa suja de sangue. Relaxou os músculos. A seringa foi ao chão. Vontade de rir. De rir com Célia. Leon buscou a seringa com os olhos. Tinha certeza de que ainda tinha sobrado alguma coisa. Poderia injetar mais um pouco. Procurou a varinha de condão. Os olhos fixaram-se na seringa. O que era aquilo escapando da agulha? Sangue? Não parecia. Leon riu. Tinha algo escapando da seringa. Riu alto. Ela estava certa. Tinha sobrado algum feitiço na varinha mágica. Afundou a cabeça no colchão. O travesseiro estava tentando lhe contar um segredo. Ficou quieta. O travesseiro estava sussurrando alguma coisa. Passou a ouvir sua respiração. As paredes estavam se movendo, tornando o quarto mais apertado. Falta de ar. Leon voltou a olhar para a seringa. Ainda tinha líquido escapando pela ponta. Aumentando de volume. Era água. O chão já estava todo molhado. Leon sentou-se na cama, abraçando os joelhos. Como aquilo podia estar acontecendo? De onde vinha tanta água? A seringa era tão pequenininha. O esguicho se transformou num jato. O chão coberto por água. Devia chamar alguém? Não! Era só sua viagem. Estava louca! Era isso! Estava louca! Louquinha. Não podia chamar ninguém. Eles chamariam a polícia. Tinha que ficar quieta. Ficar quieta. Parar de rir. Prestar atenção na água. Leon viu o baixo. O instrumento estava ficando molhado. Levantou-se assustada e pegou o instrumento. Colocou-o na cama. Os pés ficaram gelados. A água estava tão fria! O eco dos pés afundando na água perpetuava-se nos ouvidos. Os pés tinham feito barulho. Barulho de gente correndo sobre água. Leon esfregou o rosto. Será que tinha gente no corredor? A polícia! Viriam prendê-la. Podia ser seu pai também. O filho-da-mãe sempre levantava da sepultura para estragar o seu barato. Ele sempre batia na porta depois do pico. Por que não batia antes? A água fria avançando. Aquilo não ia parar? A água subindo. Acumulando-se no quarto. Deveria abrir a porta? Não. Não devia. Eles chamariam a polícia. Como explicar que o quarto estava cheio dágua? Não poderia. Iam culpá-la pela inundação. Não podia dizer que era culpa da varinha de condão pontiaguda. Ninguém ia acreditar. Iam chamá-la de drogada e a colocariam numa clínica para dependentes, para doentes. Que fossem à merda. Não abriria. Leon fechou os olhos e apoiou a cabeça no joelho. Abriu-os novamente quando ouviu um baque. Alguém na porta? Não. Era a cadeira. Ela tinha tombado e agora flutuava na água. Mulheres e crianças primeiro! – gritou alguém em seu cérebro aditivado. Não podia deixá-los saber que era uma entendida. Talvez não a deixassem ir com as mulheres. Teria de esperar pelos homens. Passou a mão na boca. Um turbilhão de água surgiu no meio do quarto. O nível do líquido estava subindo com rapidez. A cama balançou. Deus do céu! A água já tomava metade do quarto. O baixo escorregou e sumiu. Leon saiu da cama. Seus pés ainda podiam tocar o chão. Mergulhou à procura do baixo. Nada. O ar acabou e ela voltou para a superfície. Agora não dava mais pé. Teve que nadar. A cadeira bateu no ombro. Afastou-a. A cama empurrou-a contra a parede. Leon estava com os olhos esbugalhados. Deveria ter um cano rompido debaixo de seu quarto. Quando saísse iria dizer umas boas para o gerente. Onde já se viu? Matar os hóspedes afogados! Ia reclamar. Dar queixa no Procon. Nadou até a porta. Mergulhou para alcançar a maçaneta. Tentou girar. A porta não abriu. Estava trancada! Olhou para cima. A luz do teto refletia dentro da água límpida. Nadou na direção da luz. Bateu a cabeça no teto. A água estava a poucos centímetros de preencher o quarto completamente. Leon desesperou-se. Como fugiria dali? Não tinha escapatória. Engoliu água. Pouco ar. Ergueu os lábios, tocando o teto empoeirado. Puxou todo o ar que pôde. Água. Estava presa num cômodo cheio dágua, mergulhando, tendo de dar dezenas de braçadas até alcançar a porta. Desgraça! A porta não abria! Empregou toda sua força. Bolhas de ar escapavam pelas narinas. Ia morrer! Mais uma vez olhou para cima. A luz surgia longínqua. Será que a alcançaria? Nadou em direção ao teto. Uma baleia cruzou no alto, eclipsando a luz com o corpo gigante. Leon queria gritar. O ar faltando. A força faltando. Tirar ar de onde? Engoliu água. Desespero. Não respira, burra! Não tem ar. Não respira. Só água. A luz não ficava perto. Sempre longe. Sem força. Sem baleia. Leon parou. O corpo subiu flutuando. Quando a cabeça parecia prestes a bater contra o teto, uma surpresa. Leon parecia ter atravessado o teto, e a cabeça chegara à superfície. Inspirou desesperada, enchendo os pulmões de oxigênio, fazendo barulho. Estava cansada, mas mantinha-se agitando pés e braços para não afundar novamente. Tentava normalizar a respiração. Parecia ter saído em outro lugar. Uma outra dimensão. Não havia nada a sua volta. Somente acima da cabeça uma lâmpada oscilava a potência e soltava estalos elétricos fortuitos. Uma luz azulada. Leon passou a mão na cabeça tentando ajeitar o cabelo, tirando o pouco da franja que lhe caia sobre os olhos. Notou que a água estava no rés-do-chão, como se fosse o assoalho liquefeito de um novo cômodo. Viu uma porta. Assim que botou os olhos em cima da folha de madeira, ouviu um rangido de borboletas enferrujadas. A sombra de uma senhora na contra-luz. Agitava pernas e braços para manter-se a tona. Olhos arregalados. Queria escapar dali. Quem era aquela mulher na porta?

– Leon?

Encarou a mulher. Tentou tirar a água do rosto, dos olhos, para enxergar melhor.

– Leon... pobre menina. Você precisa desta casa, Leon.

A garota engoliu seco. Tinha que parar com aquilo. Estava vendo coisas demais.

– Você entendeu, Leon? Não se esqueça, tá bom? Para o bem de todos, você precisa vir até a casa, filha.

– Casa? De que casa a senhora está falando?

A porta se fechou. Leon sentiu-se sugada por um rodamoinho. Foi tragada para o fundo dágua.

Abriu os olhos, acordando num grito. Estava sentada na cama. O baixo aos seus pés. A seringa morta no meio do quarto seco. Passou a mão no cabelo. Os fios ensopados. Molhados. Suor. Só podia ser suor.

Leon pôs a mão sobre o peito. O coração disparado. Não tinha morrido... ainda.

Alongou o pescoço, virando a cabeça pra cá e pra lá. Apanhou a touca de lã e colocou sobre a cabeça. Pôs o indicador e o polegar sobre os olhos, massageando-os, terminando por apertar a base do nariz. Não ia ficar mais ali esperando que alguém surgisse com caridade. Não queria mais ser rejeitada por ninguém. Não queria mais ser discriminada por ninguém.

* * * * *

Leon andava rápido. Asfalto molhado. Garoa fina no topo da cabeça. A touca estava encharcada. Tinha vestido uma blusa larga. O baixo nas costas, preso pela correia que passava pelo peito. Sem grana no bolso, não pegaria um táxi. Faltava pouco. Tinha andado cerca de uma hora e meia. Apesar do vento frio e da temperatura amena, transpirava bastante. Já podia ver a ponte.

Nuvens de vapor escapavam da boca. O vento assoviava nas orelhas, um som agudo criado pelo ar cortando nos metais dos brincos. Havia muito tinha parado de chorar. Basta. Basta de choro.

As ruas convenientemente desertas. Sem testemunhas. Sem intrometidos.

Leon apertou o passo. Estava na passarela de pedestres da ponte que cruzava o rio. Era um dos limites da cidade, demarcado por um abismo. Um muro de pedras naturais de cada lado, talhados pelo rio que corria quarenta metros abaixo. O cenário perfeito. A altura perfeita. A queda perfeita.

Leon subiu na murada. Quantas histórias tinha ouvido a respeito de vidas que acabavam ali, num pulo de cima da ponte? Dezenas. Bêbados, traídos, falidos. Talvez se enquadrasse no quesito "traídos". O vento frio empurrou a blusa de Leon para trás, como se a mãe natureza gentilmente pedisse mais um momento de reflexão. Leon sentiu a pele arrepiar. Então seria assim? Lá no fundo do penhasco. Nunca se imaginara acabando ali. Na Garganta dos Perdidos. Pendeu o corpo para frente. Segurando-se com uma mão só. Era hora de dar cabo dos problemas.

– Ei, cara! Espera aí!

Leon estremeceu de susto. Quase se largou sem querer, antecipando o suicídio. Virou com os olhos arregalados. Um homem de sobretudo aproximava-se. Leon irritou-se.

– Espera aí, cara. Posso conversar com você?

– Cê é retardado? Quase me mata de susto!

O homem sorriu.

– Você vai se matar mesmo. Ao menos, seria assassinato. Assim, não iria para o umbral. Teria uma passagem mais tranqüila.

Leon olhou para a queda escura. Nem podia ver o rio. Ouvia um murmúrio perdido na escuridão. Umbral?

O homem aproximou-se. Leon notou que ele era bem pálido.

– Você está decidido mesmo? – quis saber o intruso.

– Se você tivesse chegado em silêncio já teria a resposta.

– Você é um cara esquisito. – o homem olhou para Leon, fez uma pausa. – Desculpe. É uma garota. Eu não tinha percebido.

– Sou uma garota. Uma garota que gosta de garotas. Uma garota que se droga o tempo todo. Manda ver. Sexo, drogas e rock-'n'- roll. Chocado o suficiente? Se me dá licença, tenho um táxi para pegar.

– Na verdade, se quer ir em frente, manda ver. Só queria te dar uma segunda chance.

Leon pendeu o corpo. O vento empurrando sua blusa. Um chato na passarela.

– Qual a sua graça?

– Leonora. – balbuciou a garota.

– Leonora? Uma menina que gosta de meninas...

A garota soltou a mão. Era só pular.

– Todo mundo merece uma segunda chance, Leon. Posso te chamar de Leon?

Ela segurou-se na pilastra de metal e olhou para o intrometido. Um cara diferente. Dono de um rosto muito pálido. Parecia um fantasma. Mas tinha um sorriso cativante, daqueles que convidam para uma cerveja e você aceita sem pensar, na inocência, na camaradagem.

– Eu já estive em cima desse muro. Mas aí me pediram para visitar a casa. Para ter minha segunda chance. A gente muda muito quando passa por aquela casa, sabia?

Leon arrepiou-se toda. Ele realmente tinha dito a palavra "casa"?!

– Olha, não vou me intrometer na sua decisão, tá. Mas todo mundo merece uma segunda vez. A chance de fazer certo. Tentar arrumar. Não é isso que te incomoda? Se tivesse essa segunda chance você pularia da ponte? – inquiriu o intruso, enfiando a mão no sobretudo e sacando um cartão.

– Você disse "casa"?

– É, Leon, eu disse casa. – respondeu ele, estendendo-lhe o papel.

Leon o apanhou. Teve que concentrar-se para ler. Talvez um resto de droga ainda brincasse nas artérias. Pendeu o corpo para frente. Zonza, soltou a mão. Caiu. Bateu os pés na passarela de concreto. Focou o cartão. Uma única frase centralizada. Sem nome de ninguém. No meio, em letras finas e pretas, lia-se: *O alívio para o coração atormentado está aqui.*

Alívio?

Leon ergueu os olhos. O moço... o fantasma tinha desaparecido.

A garota ainda correu até o fim da ponte. A iluminação pública era precária. O homem tinha ido embora mesmo. Mas ele tinha dito "casa". A mulher em sua viagem tinha dito "casa" também. Olhou para o impresso. "Alívio para o coração atormentado". Um endereço.

Uma Kombi cruzando a ponte estacionou ao seu lado.

Leon estava trêmula, invadida por uma sensação estranha. Seria aquilo o que diziam ser "esperança"?

Um senhor negro e barbudo colocou a cabeça pra fora do veículo.

– Tá perdido, rapaz? Quer uma carona?

Leon sorriu. Deixou o vento empurrá-la para dentro do veículo. Nem iria perguntar para onde o velho ia. Sabia que o vento estava montando um quebra-cabeça, e aquela Kombi era mais uma peça compondo o cenário.

– Como você se chama?

– Pode me chamar de Leon. E o senhor? Como é seu nome?

– Pedro.

– Que cheiro é esse, Pedro?

– É peixe, menino. É peixe. Sou pescador. Tiro tanta coisa esquisita da água!

A Kombi voltou a rodar.

Leon abriu um sorriso agradecido e tornou a olhar para o cartão. Iria encontrar a bendita casa.

Capítulo 14

Ismael tinha chegado às duas da manhã a casa. Supervisionara o funcionamento do segundo dia da Nest. Só deixou a casa noturna quando não agüentava mais os protestos de Gisela. Também se sentia cansado. Preferia mil vezes se recuperar do susto lá, no meio do furacão, fazendo a casa funcionar como um relógio suíço, a ficar prostrado numa cama. Mas o corpo de fato pedia um pouco de repouso. Por isso, se dera ao luxo de ficar até as oito da manhã na cama. Não agüentou muito mais que isso.

Colocou uma roupa e apanhou a chave do Astra. Gisela já tinha saído e provavelmente se valido de um táxi. Uma passagem rápida pela cozinha, um par de torradas e um copo de suco de maracujá. Abriu a porta de acesso à garagem. Surpreso, viu a Pajero estacionada, com o seu Oliveira em pé, recostado no veículo.

– O, Oliveira. Por que você não me chamou?

– Quis te acordar não, patrão. A Gisela falou que o senhor precisa descansar.

– Mulher fala demais, Oliveira. Fala demais.

Oliveira riu.

– Então não vamos perder tempo. Toca para o escritório central.

O motorista contornou a pick-up e tomou o assento do condutor. Passou o cinto de segurança e deu partida no motor. Tirou um pequeno cartão do bolso da camisa e estendeu ao patrão ao mesmo tempo em que saía com o carro.

– O moço que te acudiu ontem me pediu pra entregar, patrão. Acho que o homem é doutor.

Ismael pegou o pedaço de papel desinteressado a princípio. Ia deitá-lo no console do veículo quando bateu os olhos naquela linha. *O alívio para o coração atormentado está aqui.* Aproximou o cartão dos olhos. Era isso mesmo que estava escrito. “O alívio para o coração atormentado”. Mais nada. No rodapé o endereço. Nome de ninguém. Um cartão simples. Simples e misterioso.

– Quem te deu isso, Oliveira?

– Foi o homem que te socorreu ontem. O que guardou o carro. Quando eu fui lá buscar o carro ontem de noite, ele me estendeu esse cartão. Disse que era muito importante que o senhor fosse nessa casa. Que ia fazer bem pro seu coração.

– Como é? Ele falou que era importante eu ir lá?!

– É, patrão. Tô achando que esse homem é doutor.

– Tá me cheirando mais a pai-de-santo.

Oliveira riu. Achava graça nas coisas que o patrão dizia.

Ismael continuou silencioso. Até que um arrepio repentino cruzou seu corpo. Parecia que tinha deixado uma coisa passar despercebida. Oliveira tinha dito "casa". Que casa? Seria a casa que vira no sonho a caminho do hospital? A casa com ladrilhos na sala e jardim na frente? Ismael bufou. Não era. Não podia ser. Estava precisando mesmo de umas férias. Estava ficando louco. Como o homem que o socorrera poderia saber do sonho que tivera? Impossível. Mas aquela frase... Isso ele parecia ter adivinhado. Adivinhado que precisava de alívio para o coração.

* * * * *

Ismael teve um dia atípico. Na maior parte do tempo permaneceu calado no escritório. A secretária estranhara. Gisela estranhara. O boy estranhara. Ninguém disse nada.

Passou o dia olhando pela janela. O movimento da avenida. Os carros parando. As nuvens fechando o céu, prometendo chuva. Quanto tempo não fazia aquilo? Olhar para o dia. Para as pessoas. Para a cidade. Não pensar em trabalho.

Gisela até que estava gostando da calma do namorado. Vai ver que ele estava precisando daquele susto. Um sossega-leão. Só assim para vê-lo quieto.

Quando chegava o final do expediente, Gisela entrou na sala. Começaram a jogar um pouco de conversa fora. O namorado gozava de um espantoso bom humor. Tinha que aproveitar. Contar piadas. Dar risadas. Bater papo.

– Você ficou com medo? – perguntou a mulher, indo para um assunto um pouco mais sério.

– Do quê?

– Ontem. De morrer.

Ismael fez uma pausa. Colocou as mãos na frente da boca.

– Acho que eu nem sabia o que estava acontecendo, Gisela. Lembro que me deu um calor súbito. Um bolo no estômago. Tudo ficou negro. Em seguida, a visão voltou. Eu tava no meio da rua. Lembro que parei o carro. O estômago doendo de um jeito que nunca vi. Pensei que fosse uma úlcera. Quando alcancei um cara na calçada, pedi que me levasse para o hospital. Estendi a chave da Pajero.

– Que louco, né? A gente nem pensa nas

coisas nessas horas. Estendeu a chave do carro para um desconhecido.

– Pô, tem que ser muito materialista para se preocupar com carro numa hora dessas! Só pensava em conseguir alguém pra me ajudar. Aliás, eu nem pensava. Daí, tudo ficou escuro de novo e só me lembro da casa.

– É mesmo. Tinha até esquecido essa parada. Cê disse que sonhou com uma casa...

– Sonho?... Nem sei dizer. Parecia que eu estava era lá. É bem diferente de sonho. Eu estava lá. Eu estava com aquelas pessoas. Uma senhora. Aquela sensação de alívio. – Ismael ficou arrepiado. Lembrou-se do cartão, retirando-o do bolso.

– Cê pensou que ia morrer?

Ele estava com o cartão nas mãos. Ia voltar a falar quando foram interrompidos por um toque-toque na porta. Desviaram o olhar para ver quem entrava. Era o Ivan, o barman desaparecido.

– Fala, Ismael. Pô, foi mal.

– O que você está fazendo aqui? Não quero ver mais sua cara. Some da minha frente. – respondeu Ismael ríspido, abandonando inesperadamente o humor relaxado.

– Pô, Ismael, deixa disso. Nunca dei mancada com cliente. Fui forçado, aconteceu um lance chato.

Ismael levantou-se. As feições alteradas. A calma e a serenidade singular tinham se diluído e se tornado outra coisa. Estava furioso.

Gisela ficou tensa. Não estava gostando daquilo. O namorado não podia passar nervoso. O médico tinha dito.

– Lance chato? Lance chato foi eu ter de arrumar um barman de última hora. Achei que você fosse profissional. Fama faz isso com as pessoas. Tu não passa de um moleque. Some daqui. Já falei. Não vou repetir.

– Calma, cara. Não sou moleque coisa nenhuma. Se fosse moleque, não estaria aqui para pedir desculpas. Fui na Nest hoje e nem me deixaram passar na porta. Isso não se faz.

– O que não se faz é sumir em dia de inauguração, Ivan. Se veio pedir desculpas, vira as costas e some daqui. Já pediu, já falou. Some, some. Não tô aqui para ouvir desculpa esfarrapada de moleque nenhum. Não te contrato mais.

– Esfarrapada? Pô, cara, cê nem me ouviu.

– Não ouvi nem quero ouvir! Já falei, caralho! – gritou, Ismael, realmente saindo do sério.

– Calma, Ismael. Calma. Você não pode ficar nervoso.

Gisela foi fuzilada com um olhar penetrante. Tinha medo daqueles olhos verdes. Ismael acabaria tendo outro ataque.

– Não vim porque meu pai morreu, cara. Meu velho... entende? Enterrei meu pai bem no dia. Não tava em clima de festa. Cê já me viu trabalhando. Sou um cara alegre, porra. Não ia aparecer na Nest com cara de choro. Fiquei passado, velho. Nem consegui ligar pra ninguém. Meu pai... – balbuciou Ivan com os olhos baços. – Meu pai, porra.

Ismael ainda encarava Gisela quando Ivan desabafou. A namorada percebeu seus olhos mudarem. Ele olhou para Ivan sem palavras. Depois de um breve silêncio que tomou a sala, Ismael murmurou:

– Você podia ter ligado...

Ivan tinha abaixado a cabeça. Um braço cruzado sobre o abdome e o outro dobrado, com a mão sustentando os olhos. O rapaz tinha lágrimas.

– Eu não tava com cabeça, cara. Porra, perder o pai é foda. Me desculpa, mas eu não estava nem falando direito no dia.

Gisela olhava alternadamente para os dois. Ismael estava com os olhos vermelhos e tinha perdido a argumentação.

Ficaram os três em silêncio por mais de um minuto.

– Vai embora, moleque. Vai embora. Depois a gente conversa. – disse Ismael, com à voz sumida, voltando à poltrona de couro.

Ivan tirou um embrulho branco do bolso e colocou na mesa do empresário. Deu as costas e saiu sem se despedir.

Ismael ficou parado em silêncio. Olhava para o carpete caro em que pisava todos os dias. Nem gostava daquela cor. Apanhou o envelope e abriu. Dinheiro.

– O que é isso? – perguntou a namorada.

– É o adiantamento que eu tinha feito.

Gisela andou até a janela, aproximando-se de Ismael.

– Você ficou tão quieto...

– Queria que eu dissesse o quê, Gisela? O cara perdeu o pai. – Ele coçou a sobrancelha. – O cara perdeu o pai. Não dava para vir mesmo.

– Ele podia ter ligado.

Ismael ignorou o comentário e reclinou a confortável cadeira presidencial. Gisela sentou-se a sua frente ela notou que ele estava triste.

– Você ficou bem balançado. Quer conversar?

Ismael enxugou rapidamente uma lágrima que brotava.

– É por causa do pai do Ivan?

Ismael assentiu.

Gisela ficou calada em frente à janela. O sol ia indo embora. As primeiras gotas de chuva chegavam com a noite, riscando a janela ampla do escritório.

– Eu também perdi meu pai.

– Todos nós perdemos um dia, Ismael. Isso passa. O Ivan logo vai estar legal.

– Pra mim nunca passou.

Gisela olhou condoída para o namorado. Nunca o tinha ouvido falar naquele tom.

– Acordo todos os dias com essa dor. Com essa perda. Todo santo dia. Basta eu parar um pouco para descansar, que esse sentimento toma conta de mim. Essa dor sem fim. Essa angústia. – lamentou, perdendo o controle sobre as lágrimas.

Gisela correu para o namorado. Ele estava precisando de um abraço. Precisava de amparo. Estava estressado. Muitos problemas de uma vez. Precisando desabafar. Mostrar para alguém que não era de ferro.

– Tudo por culpa dessa minha ambição. Dessa minha boca grande. Nunca consegui ficar quieto numa discussão. Sempre queria ter razão. Sempre fui assim. Até com meu pai, em nossa última briga. – fez uma pausa, respirando fundo.

Ismael fechou os olhos e se transportou para a antiga garagem do pai. Viu o velho Elias mexendo no carro. Fora ali a última briga. Ismael tinha dezoito anos. Batia boca com o pai por tudo. O pai sempre queria interferir em seus projetos. Sempre ia contra suas idéias. E Ismael começara a reclamar da vida que levavam naquela casa. Cheia de privações. Cheia de adiamentos. Nunca podiam viajar como os amigos da rua. Nunca sobrava dinheiro para roupas novas. Cobrava do pai uma melhora de vida. Se era tão bom para discordar de seus planos, de seus projetos empreendedores, por que não moravam numa mansão luxuosa de quatro quartos e piscina para que ele não se preocupasse com aquelas coisas? Jogara na cara do pai. Dissera que nem que precisasse trabalhar dia e noite sem parar nunca ia levar uma vida medíocre como aquela, andando pra cima e pra baixo em Corcel e Fusca velho. Que iria ser um rei. Um homem de sucesso. Dissera que o pai lhe dava vergonha porque não conseguia sucesso, era um derrotado nato, um conformado. Vivia servindo aos outros. Vivia remendando aquela lata de lixo ambulante. Que era patético, pois dizia que queria um carro do ano, que levaria a mãe para conhecer Paris, mas que jamais conseguiria aquelas coisas. Era um fracassado. Não fazia coisas diferentes. Era sempre o mesmo trabalho. O mesmo salário suado... isso quando tinha um. Ao terminar o discurso,Ismael notou que não havia tido uma discussão. Havia apresentado um monólogo. O pai estava calado, olhos marejados, boca cerrada. Verdade é veneno nessas horas. Hoje Ismael sonhava em poder voltar no tempo e sofrer um ataque de mutismo naquele instante. Voltar no tempo e não dar um pio quando o pai abrisse a boca para criticar sua nova tentativa de empreendimento. Daria tudo para uma oportunidade dessas. Uma segunda chance. Uma chance de ficar quieto. Nunca vira o pai tão calado. Nunca o vira chorar. Tinha acertado o coração do homem que lhe dera a vida. O pai não dissera uma palavra. Simplesmente emudecera diante do ataque do filho ingrato. Emudecera, mas os olhos deixavam claro que não ignorara. Ouvira cada lança cortante, escutara cada dardo certeiro. Aquele filho já estava com vontade de pedir desculpas. Desculpas que nunca foram aceitas, pois quisera o destino que no dia seguinte o maldito carro velho perdesse o controle e se arrebentasse na lateral de um ônibus, num cruzamento da vida. O pai nunca mais voltara para casa. O pai nunca mais o criticara. O pai nunca mais o escutara. Nunca dera uma chance para que o menino petulante, porém sensível, lhe pedisse perdão. Via o caixão descendo à sepultura, levando o velho Elias para o descanso eterno, deixando para trás um filho que viveria atormentado por causa de uma briga, de uma língua selvagem. Um filho que nunca pudera pedir desculpas olhando nos olhos do pai e dizendo que, apesar da vida dura que levavam, o amava verdadeiramente.

Gisela tinha nos braços um homem forte soluçando como um bebê, contando sobre os fantasmas do passado. Ela também chorava, comovida, companheira, beijando os cabelos daquele lutador.

Ismael libertou-se dos braços da mulher. Colocou os cotovelos no tampo da mesa de trabalho e segurou a cabeça, buscando se controlar. Os olhar ficou perdido no tampo. Estava abstraído, disperso. Só voltou ao mundo dos vivos quando os olhos percorreram aquela palavra. "Alívio". Ismael olhou para o cartão. Olhou para a janela. Olhos vivos. A chuva caindo nervosa. Levantou-se repentinamente. A namorada vendo o cartão de visita em sua mão. Ismael disparou pela porta, atravessando a elegante recepção e chamando o elevador.

Gisela alcançou o namorado quando a luz e a campainha avisavam que o elevador acabava de chegar.

– Aonde você vai?

– Vou limpar meu coração, Gisela.

– Onde?

– Se quiser saber, vem comigo.

Capítulo 15

Rosana saiu do banho prolongado. Secou o rosto diante do espelho embaçado pelo vapor. Olheiras profundas. Estava sem dormir há dias. Medo. A mulher ligou o secador de cabelos, enchendo o recinto com o som característico do aparelho. Logo os fios secos começaram a esvoaçar. Ela sorriu para si mesma no espelho. Estava achando graça no asseio a que se acostumara, levado a cabo mesmo quando não precisava mais.

Tinha tido uma visão. Estava cansada, e a visão mostrava com clareza um local de paz. Havia tomado uma decisão. Não precisaria mais se preocupar com o sofrimento das memórias.

Saiu do banheiro e sentou-se na poltrona ao lado da cama. Ouviu um barulho no corredor. Provavelmente outra briga das meninas. Precisavam crescer. Parar com essas coisas de crianças. Eram mulheres, pombas! Ainda mais agora. Teriam que crescer na marra.

Rosana inclinou-se sobre uma mesinha de frente para a poltrona. Apanhou uma cartela de comprimidos arranjados pelo doutor Samuel. Retirou todos e colocou-os dentro de um copo de vidro. Estava farta deles. Tinha tomado uma decisão, traçado um plano que a livraria daquelas drogas. Que a livraria da perseguição incansável do espírito atormentado de Celso. Só podia ser isso. Ele estava querendo se vingar. Se vingar de sua traição. Se vingar de sua culpa por ele não ter convivido com as meninas na última semana de vida. Teria sua vingança. Teria sim. Rosana passou para a cartela seguinte. Mãos trêmulas, olhos vermelhos e marcados por olheiras cansadas. A mulher parecia fora de si. Quando terminou, o copo estava na metade, recheado de bolinhas brancas e pequenas, rosadas e oblongas. Drogas para acalmar a mente. Drogas inúteis, pois, quando o efeito passava, os fantasmas voltavam ainda mais fortes e ferinos.

Fez uma pausa com a mão na boca. Olhar perdido. Mortiço. Levantou-se e foi ao criado-mudo. Apanhou a coleção de frascos de pílulas e carregou até a mesinha. Abriu os frascos e terminou de encher o copo. Precisava de mais um. Como faria para virar tudo aquilo goela abaixo? Água. Por sorte, ou azar, no mármore da pia do banheiro encontrou dois copos. Um para encher de comprimidos. Outro para encher de água. Voltou para a poltrona e completou o segundo copo com comprimidos. Sem dúvida seria o suficiente. O primeiro copo era o mais eficaz, considerando sua intenção. Estava carregado de um coquetel de antidepressivos e calmantes poderosos. O segundo era miscelânea de coisas mais fracas, mas que certamente contribuiríam para o desenlace. Tomaria os comprimidos com água e em seguida entornaria duas garrafas miniaturizadas de uísque. O suficiente.

Barulho no corredor. Vozes das meninas. Rosana fungou e olhou para a porta. Era melhor trancá-la. Elas poderiam entrar durante a execução do plano ou encontrá-la antes do desenlace... antes da partida. Não poderia correr tal risco. Estavam discutindo de novo. Como queria que seu único problema fosse essa guerrinha permanente das filhas! Seria tão fácil colocá-las em ordem!

Rosana olhou para os copos. Parecia até mais aliviada na certeza de encontrar paz para os pensamentos. Dar fim à tormenta. O que ainda a segurava era uma dúvida martelando na cabeça. Não eram as meninas. Não era isso. A maior tinha dezoito anos e conseguiria organizar as duas menores. Conseguiriam se virar. O que a incomodava era aquela história de que os suicidas iam para um lugar diferente. Iam para uma espécie de limbo. Rosana respirava fundo. Certamente o limbo não deveria ser pior que o inferno, pois esse ela já conhecia. O inferno é um lugar dentro de sua cabeça.

As mãos pararam de tremer. A hora tinha chegado. Era aquele instante ou nunca. Não conseguiria encher os copos uma segunda vez. Passou as mãos nos olhos secos. Estranhou não estar chorando. Sua vida era só chorar nos últimos dias. Não conseguia se conter nem no trabalho. Sabia que estava chamando a atenção. Talvez não durasse mais um mês na empresa. Seria o inferno completo. Preferia aproveitar aquele momento. Pelo menos, o seguro de vida da empresa providenciaria auxílio funeral para que as filhas não se aborrecessem com os trâmites. Tinha investigado a papelada. O seguro-funeral estava garantido. Talvez até conseguissem o prêmio. Assim, as filhas não estariam completamente desamparadas. O apartamento já estava pago. Não precisariam se preocupar com isso, poderiam começar um negócio...

Barulho no corredor. Rosana olhou para a porta. Tinha alguém ali. Levantou-se, temendo ser pega antes da ingestão da beberagem fatal.

A maçaneta girou devagar.

– Mãe!

O coração de Rosana disparou. Era a voz de Aline, a filha mais nova. O que queria?

Abriu uma brecha e deixou parte do rosto abatido e doente aparecer no corredor.

– Fala, meu anjo. O que você quer?

– Quero que venha aqui na sala, mãe. Precisamos conversar.

– Vocês estão brigando de novo? Vocês não dão um tempo?

– Vem, mãe. Só um pouquinho. Precisamos conversar com você. Depois a senhora volta e termina o que estiver fazendo.

Rosana sentiu-se incapaz de negar um último chamado da filha mais nova. Aline tinha 14 anos. Um anjinho. A mais quietinha das três. Um amor.

– Tá bom, anjinho. Eu vou. Me dá um segundo.

Rosana fechou a porta e colocou o roupão por cima do corpo nu. Tirou a chave da fechadura e esgueirou-se para o corredor, abrindo o mínimo possível a porta do quarto. Aline a esperava sorridente. Ainda um bocado mais baixa que a mãe, olhava para cima sorridente, tentando adivinhar o que a mãe pensava.

Assim que saiu, Rosana trancou o quarto. A filha estava tão ansiosa que parecia não ter prestado atenção. A mulher deslizou a mão pelo roupão até colocar a chave no bolso. Acompanhou a filha pelo corredor. Estava tudo escuro. Corredor, sala. O que a filha queria? Na sala, Rosana sentiu o coração disparar mais uma vez.

– Surpreeesaaaa! – gritaram as três em uníssono.

A luz foi acesa, e Rosana viu a sala toda decorada. Na mão de Alessandra, a mais velha, um bolo pequeno, enquanto Adriana corria para acender as velinhas. Rosana precisou se apoiar para respirar.

As filhas começaram um parabéns-a-você em conjunto, cantando o mais alto que podiam, a plenos pulmões. Como estavam felizes!

Rosana não pôde conter. Levou as mãos aos olhos cheios de lágrimas. Estava muito emocionada. Passara os últimos dias tão atribulada, tão perdida, que nem se lembrara que aquele era o dia de seu próprio aniversário. Que coincidência terrível! Escolher morrer no dia em que se nasceu! Rosana sentou-se no braço do sofá tentando se conter. Tinha filhas tão lindas! Tão adoráveis! Mas não sabiam que ela pretendia morrer. Rosana estava chorando desbragadamente. O peito subia e descia descontrolado.

– Pô, mãe. Pára de chorar. – pediu Aline. – A gente fez isso pára senhora ficar feliz e parar de chorar. Não pára começar a chorar.

Rosana abraçou a filha.

– O bolo é pequenininho porque a senhora não ensinou nenhuma das filhas a fazer bolo. – emendou Adriana, juntando-se ao abraço da mãe e da irmã.

– E a mesada que a senhora libera é muito magrinha... mesmo juntando a grana das três, esse foi o maior que conseguimos comprar, mas é de coração.

Rosana apertou as meninas, sem conseguir parar de chorar. Repentinamente, sem dar explicações, correu e trancou-se no quarto. Encostou-se contra a parede e deslizou até sentar-se no chão, não contendo a choradeira. O que estava fazendo? O quê? E se amolecesse? Não podia. Não podia! Ergueu os olhos nublados pelo choro e olhou pela janela. Uma chuva grossa batia nos vidros, lavando a cidade lá fora. Correu para o banheiro e tirou o saco de lixo da lixeira. Correu até a mesinha de centro e despejou o conteúdo dos copos dentro do saco. Não tomaria as drogas. Não faria aquilo. O alívio viria de outro jeito.

Diante do olhar aparvalhado das meninas, Rosana cruzou o corredor com uma calça jeans e uma blusa desabotoada. Viram a mãe, ainda chorando, desaparecer pela porta da sala.

– Te disse, Adri. A mãe tá doidinha. – comentou a mais velha.

Adriana e Aline mostraram a língua para Alessandra.

Capítulo 16

Hélio chegou ao apartamento após o anoitecer. O dia não fora dos melhores. Depois do cemitério, foi para o escritório. Tentara manter a cabeça ocupada, mas aquele inferno era mais forte que ele. Bastavam dois minutos sem nada pra fazer que as lembranças começavam a brotar. Pareciam mais intensas nos últimos dias. Mais fortes. Como um chamado. Vestiu o paletó e deixou a sala de trabalho. A meio caminho de casa, encostou num dos bares favoritos. O consumo alcoólico da tarde tinha perdido o efeito. Precisava de mais. Bebeu. A tristeza apertando o peito. Qualquer hora dessas faria uma besteira. A agonia se apoderou de tal forma de sua mente que levantou desesperado da mesa e correu para o carro, sem nem mesmo pagar a conta. Tinha bebido, mas não estava embriagado. Os olhos vermelhos talvez fossem por causa das lágrimas. A cidade estava escura. O céu coberto por nuvens que despejavam água. Relâmpagos riscando o negrume celeste. Por que tinha entrado naquele maldito quarto? Por quê? A culpa de toda sua agonia era do maldito quarto. Iria para casa acabar com aquilo... com o mausoléu doméstico. Um museu criado por Vilma. Por que não tinham jogado tudo fora? Faria isso. Faria imediatamente. Mas era tarde. Se tivesse feito na semana em que Mariana falecera, não teria encontrado a carta. Certamente não teria botado os olhos nas linhas traçadas pela filha, o desabafo infantil. Linhas que tinham tirado seu sossego, sua lucidez. Linhas que tinham acabado com sua vida. O que era naquele momento? Um bêbado. Um trapo de gente que não conseguia ficar um instante parado. Iria pôr um fim no quarto e, Deus o livrasse, se não resolvesse, não terminasse sua agonia, ele só via uma saída. Estacionou em frente ao prédio. Gotas grossas de chuva batiam no pára-brisa. A enxurrada descia ligeira pela sarjeta. Um relâmpago iluminou o interior do veículo. Hélio abaixou a cabeça e abriu o porta-luvas. Retirou uma peça embrulhada um tecido vermelho aflanelado. Descobriu o objeto metálico. Um revólver. Se o sofrimento não acabasse com a destruição do quarto, acabaria com o uso da arma. Seria a solução definitiva. A libertação da dor.

Tirou do porta-luvas um papel dobrado em

quatro. Abriu a folha de caderno pautada, escrita em letra delicada e esmerada. Letra de criança. O ferrão que cravara o veneno em seu corpo. Uma página do diário de Mariana. Uma carta-desabafo. Um pedaço da vida da filha. Até ler aquela folha ele jamais vivera remorso algum. Antes de dar com os olhos no depoimento desesperado, atribuía toda a culpa à própria menina e a seu fraco coração. Lembrava que antes da alta da maternidade o médico pedira exames. Mariana sofria de uma síndrome, um problema cardíaco incurável. Os médicos tinham sido claros. Não havia como salvar a menina. Seria sempre uma criança mais fraca que as outras. Não poderia se esforçar. Haveria até períodos de melhora, quando estava livre para praticar esportes, empregar algum esforço físico, mas nunca quando tivesse crises... Um esforcinho a mais nessas ocasiões, que seriam uma constante na vida da infante, serviria de estopim para precipitar a falência do músculo que bombeava sangue pelas veias e artérias. Seria o fim. Mariana sabia disso. Hélio sempre deixou claro à filha sua condição inferior. Para que ela abandonasse aquelas idéias. Todo ano era uma coisa nova que ela e Vilma tramavam. Primeiro, Mariana queria ser campeã de natação. Vilma alimentava suas loucuras. Para quê? Para quê? Sabiam que a menina jamais seria campeã de porcaria nenhuma. Bastava uma única crise para quea garota fosse para o hospital, se afastasse de qualquer prática esportiva por meses. Hélio até que esboçara certo interesse a princípio, mas quando assistiu à primeira exibição seu frágil entusiasmo foi extinto para sempre. Último lugar. Ela não conseguira dar o máximo ou o seu máximo era insuficiente para acompanhar as crianças de sua idade. Último lugar. Que vergonha! Lembrava-se do olhar triste que a menina atirara para seu lado. Ele não ficara para assistir nem mesmo ao final das competições. Estava envergonhado demais. Humilhado demais. Era o pai da pior nadadora na piscina. Não queria conversar com os outros pais. Com os felizes, vitoriosos e cheios de sorriso. Com os que viam seus filhos chegando em primeiro lugar. Tinha inveja deles. Odiava Vilma e sua filha teimosa. Não queria estar ali. Por que exigiam que ele passasse vergonha na frente dos outros? Só podia ser uma afronta. Depois da natação, veio a onda de ginástica olímpica. A menina teimava que seria uma ginasta. Que pateta! Que saco ter que explicar que aquilo não era para ela. Agüentando sessões intermináveis de choro. Não entrava na cabeça oca de Mariana que o esporte não era para ela. Seu lugar era o leito, não as pistas. O pior é que nem nos estudos a menina ia pra frente. Fraca em tudo, até no cérebro. Uma decepção. Por isso, sentira um peso saindo das costas quando o fatídico dia chegou. Enterrara com Mariana toda a tristeza, toda sua vergonha, um peso. Estava então pronto para refazer sua vida. Logo todos se esqueceriam da sombra fraca que vagava atrás dele nas festas e nos encontros de amigos. A sombra pálida que parecia um fantasma enrolado em vestidos cor-de-rosa. Um fantasma que agora sim assombrava seus dias. Hélio pensava que tudo ficaria bem. E de fato tudo correu bem até o dia em que botara os olhos naquelas linhas. Rezava para que Vilma nunca as tivesse visto; por isso, tinha arrancado a folha do diário de Mariana. A culpa que nunca sentira viera como uma onda represada numa barragem que acabara de ruir. A folha estava ondulada tantas as lágrimas que tinham se deitado sobre as letras. Molhado e secado infinitas vezes. Lágrimas que escorriam, como naquele instante. Hélio não podia se controlar. Ficar sozinho era sempre a pior coisa. Um tormento. Se não se embebedasse, o desespero o consumia, e o rostinho de Mariana o ficava encarando, culpando-o por sua desgraça. Aquela carta o tornava um monstro. Um assassino. Um monstro maldito, cruel e insensível. Era o depoimento de uma criancinha perdida e desesperada, morta por garras indefectíveis, feitas de desprezo e frieza, apertadas em torno do pescoço pelo próprio pai. O depoimento era simples e sincero, depoimento inocente, de criança. Uma criança que pedia desculpas por não poder fazer o pai feliz. Uma criança que chorara escondida no quarto desejando incontáveis vezes que a simples atenção dum simples "boa-noite, filha" escapasse da boca do pai insensível e chegasse carinhosa a seus ouvidos. Dizia no papel que o pai nunca lhe dera um boa-noite a vida inteira. Um maldito boa-noite a vida inteira! Nesse trecho da carta, Hélio sempre chorava mais, sempre apertava o papel. Tinha vontade de colocar uma arma na cabeça e morrer. Buscava na memória, e tudo o que conseguia era dar razão à pobre menina. Nunca se preocupara em agradar Mariana, em amparar a carente filha. Escrevera ainda ser consciente de que era uma vergonha para o pai, um peso. Dizia que mesmo que juntasse todos os presentes ganhos da mãe, dos parentes e dos vizinhos, jamais reuniria valor suficiente para se equiparar a um "eu te amo" que o pai tivesse por ventura lhe declamado. Ela, por mais que se esforçasse para acalentar o próprio coração, não se lembrava de um dia ter ganho um único presentinho do papai. Ele sempre comprava roupas e sapatos, e ela ficava tão feliz! A menina relatava fantasiar que as peças, entregues sem embalagem especial, para suprir suas necessidades básicas, eram presentes garimpados e comprados com entusiasmo pelo papai. Ao menos entendia que era uma forma de atenção, apesar de ele nunca ter lhe perguntado que cor preferia a sandalinha da Xuxa ou de que cor deveria ser o vestido de aniversário. Hélio jamais perguntara mesmo, assumia isso. Mas a forma sincera com que Mariana colocava aquela indiferença, isso sim, doía. Ele, que se gabava tanto de ser o melhor em tudo que tinha feito até o dia em que a menina nascera, fora incapaz de ser um pai medíocre. Fora, exatamente, um zero na vida da filha, a favor da filha. Nunca fizera nada pela menina. Mariana havia escrito que esperou a vida toda por um beijo carinhoso, por um "eu te amo". Tornara-se uma menina calada, retraída, para não irritar o pai. Tudo que fazia era na tentativa vã de agradar ao genitor. Tinha uma pasta guardada no guarda-roupa com desenhos feitos para o papai, e os entregaria quando ele lhe desse um beijo. Hélio encontrou os desenhos. Ela, um bebezinho, no colo de um homem com uma cabeça grande e um sorriso imenso. Da cabeça desproporcional, coraçõezinhos escapavam, flutuando. Ela passeando de mãos dadas com o papai. Ela e o papai tomando sorvete. Desenhos infantis, mas os desenhos mais lindos em que Hélio já tinha botado os olhos. A filha tinha talento para desenhar... e ele nunca descobrira. Não merecia descobrir. Chorava. Tinha perdido seu pequeno tesouro. Hélio chorava. Não agüentava mais aquela tortura. Não agüentava mais aquele martírio. E a facada mais profunda no coração vinha com as linhas finais. Nas linhas em que uma menina de doze anos decide pôr fim na própria vida. Suicídio. Hélio não entendia como ela conseguira. Como fizera o coração parar, mas tinha feito. Mariana tinha conseguido arruinar aquele homem. Quando lera o diário, Hélio passara dias chorando. Três, quatro, talvez mais. Encontrou na bebida refúgio. A vida toda ruiu. Perdeu o emprego exemplar, vivendo agora de expediente na empresa de um amigo de infância. Vendeu o carro do ano. Não era mais o melhor do pedaço. Isso não importava mais. Era uma pessoa cruel. Mariana mostrara o quanto. Tudo fora abaixo. Como um homem poderia viver com aquela culpa? Impossível. Daria um fim naquelas lembranças. Acabaria com o quarto e depois acabaria com a própria vida. A vida de um monstro.

Hélio desceu do carro, deixando a chuva encharcar a roupa. Caminhou sem pressa até a portaria. Subiu de elevador, com os olhos fechados, procurando não pensar. O revólver pesando no bolso.

Parou em frente à porta. Girou a chave. As luzes estavam acesas. Maldito quarto. Andou pelo corredor. A cabeça zunindo. Não estava bêbado, apenas entorpecido. Pensando em um milhão de coisas por segundo. Fazendo contas que não levavam a nada. Tentando não ficar louco, para ter lucidez até concluir a tarefa a que se propusera executar. Barulhos. Hélio piscou. Barulhos no quarto assombrado. Hélio encostou-se na parede. Arrastou-se até ficar de frente para a porta entreaberta. Coisas caindo. Será que Mariana tinha voltado para o acerto de contas? Quem dera... ao menos teria a chance de olhar nos olhos da filha uma última vez. Pedir perdão, se ajoelhar. Dizer que, de longe, ela não merecia o que ele tinha feito. Ele era um monstro.

Vacilante, Hélio empurrou a porta. Não tinha fantasma nenhum. Era Vilma, empacotando tudo.

– Vilma...

A mulher olhou para o marido parado na porta. Ela também estava chorando.

– Bêbado de novo, Hélio. Você nunca vai mudar. – disse, colocando as roupas dentro de uma caixa e limpando os olhos vez ou outra.

Hélio ficou imóvel uns cinco minutos. Só olhando para a esposa. Ela estava desmontando e levando embora o quarto assombrado. Ela não sabia que vivia com um monstro. Talvez até soubesse, mesmo sem ler o testemunho da filha, que fora casada por duas décadas com um monstro. Esse é o tipo de coisa que acaba não passando despercebido.

– Eu não estou bêbado. – disse, saindo, depois de acompanhar em silêncio a mulher empacotar todas as peças de uma cômoda.

Vilma olhou para a porta vazia. O marido estava muito estranho.

Hélio voltou para a calçada. Para a chuva. Entrou no carro. Mudo. Tirou o revólver do bolso. A água encobria todo o vidro do carro. Ninguém ao passar pala calçada poderia ver o homem colocando o cano da arma na cabeça. Ninguém o impediria de puxar o gatilho. Hélio respirou fundo e apertou os olhos. Mais lágrimas desciam pelo rosto que as gotas da chuva.

Capítulo 17

A Chegada

A Chegada

Hélio lutava para enxergar através do vidro embaçado, entre o vai-e-vem do limpador de pára-brisa. A chuva castigava a cidade, sem trégua, sem dó. A noite parecia ainda mais escura. O revólver deposto no banco de passageiros deixava saber que o plano original não fora de todo descartado. Queria só tirar uma dúvida. Não acreditava em acasos. Aquele cartão viera para lhe dizer alguma coisa. Principalmente quando teimava em surgir no bolso da camisa mesmo tendo certeza de que o tinha descartado na última vez em que estivera em frente à casa. Aquela casa tinha alguma coisa. Uma atmosfera sombria. Tinha que fazer a visita antes de dar o passo final. Tinha que desvendar os segredos por trás daquela porta. Com a chuva e o avançado da hora, uma fila escapando pela calçada era improvável. Queria entrar e entender o segredo da casa amarela. Entender por que tinha surgido em sua vida. Em que afetaria seu destino. Mesmo com a chuva atrapalhando tanto, Hélio reconheceu o trajeto que fizera pela manhã. O coração bateu mais rápido quando adentrou a rua. Reduziu a velocidade e aproximou-se lentamente. Em seus ouvidos, só o barulho do limpador de pára-brisa e gotas grossas contra o capô. Encostou-se em frente à casa. Do outro lado da rua, uma Pajero também permanecia estacionada. Os vidros embaçados. Não sabia se tinha alguém lá dentro. Para sua surpresa, havia sim uma pequena fila em frente a casa. Três pessoas amontoadas na soleira da porta, aguardando que a mesma fosse aberta. Estavam encharcadas. Hesitou. Sabia que seria seu destino. Sabia que se quisesse acabar com aquela agonia, com aquele martírio, teria de ir para a chuva e aguardar a porta se abrir. Sem demorar. Do contrário, poderia ser tarde demais.

Hélio deixou o Escort e pulou a enxurrada que corria pela sarjeta. Parou na calçada, olhando para a misteriosa casa. A chuva, misturada ao vento, fazia com que os inúmeros galhos das árvores abraçassem a residência. Hélio cruzou o pesado portão de ferro, depois de fazer força para abri-lo. O jardim verdejante era aguado com abundância. Gotas grossas se desprendiam das folhas das roseiras. Não havia luz na frente da casa. O ar era sombrio e estranho. Estranho porque uma pessoa sã jamais deixaria o carro debaixo de tal tempestade, num lugar escuro e desconhecido para se juntar a um grupo igualmente desconhecido. Quem eram aquelas pessoas? Hélio pensava pouco naquela hora. A mente buscava uma coisa apenas e concluiu que era isso que os estranhos também buscavam. Estavam unidos naquela noite. Estavam unidos naquela chuva. Buscavam a mesma coisa. Alívio para o coração.

Assim que ele alcançou a porta, o grupo trocou olhares. Hélio viu dois homens e uma mulher de cabelos cacheados. Estavam completamente encharcados. Deviam estar se fazendo a mesma pergunta. Antes que algum deles abrisse a boca, um barulho na tranca. Os visitantes trocaram novos olhares. Alguém deu um sorriso. O som da chuva vigorosa tornou-se tudo naquele instante. Os olhos pregados na porta de folha dupla. Respirações aflitas. Esperavam que se abrisse. Barulho de água escorrendo nas calhas. Barulho de gotas acertando as folhas das roseiras. Peitos subindo e descendo, ansiando pelo instante seguinte. Esperança. Os olhos viram a maçaneta girando. Um "plec". Um rangido. A porta se abrindo. Um facho de luz intensa atingiu os olhos dos visitantes. Hélio virou o rosto e viu que a mulher precisou proteger os olhos para continuar olhando na direção da luz. Quando voltou o olhar para porta notou os contornos de uma senhora parada na entrada.

– Entrem, filhos. Agora que todos chegaram, podem entrar.

O vulto deu passagem ao grupo.

Os quatro pararam no meio do hall. Poças dágua foram se formando à medida que a chuva abandonava o corpo de cada um.

Hélio viu pequenas nuvens de vapor desprenderem-se de seu corpo quente.

Todos giravam, olhando para as paredes, ocupando a sala principal, como que entrando num mundo de sonhos. Era como visitar um lugar onde já haviam estado.

Hélio buscou a anfitriã com os olhos. Arrepiou-se. A mulher não estava ali.

– Cadê ela?

Ninguém respondeu, mas os olhos buscavam pela resposta. A mulher não estava ali.

Ficaram quietos por mais de um minuto. Não sabiam por que, mas sabiam que nada precisavam temer. O hall exalava paz. Olhavam para as paredes recobertas por pequenos porta-retratos, alguns guardavam fotografias, outros expunham recortes de jornal. O chão e metade da parede recoberta por ladrilhos multicores. A sala principal era provida de uma escada que conduzia ao piso superior. A sala era espaçosa, deixando claro tratar-se de uma construção bem antiga. Era confortável. Aconchegante. Encontraram no meio do cômodo quatro cadeiras. Estilo antigo, entalhes aristocráticos. Madeira maciça e forro aveludado.

Era essa toda a mobília sobre o piso de madeira. Sentaram-se. Um par de cadeiras estava de costas para o outro. Cada par olhando para uma parede. Os ocupantes quase encostando as cabeças.

– Eu já estive aqui. – disse a visitante ao lado de Hélio.

Só nessa hora o homem notou que aquela pessoa não era um rapazinho; pela voz, era uma mocinha. Hélio encarou a menina. O blusão emborrachado escondia o corpo feminino, e a touca de lã molhada disfarçava um pouco o rosto. Notou que ela era linda. Apesar dos traços duros, lembrando o rosto quadrado de um rapaz, tinha a pele imaculada, delicada, e uma boca sensual. Trazia um instrumento com ela, uma guitarra, talvez. Atrás de Hélio estava um homem, aparentando pouco menos de quarenta anos, trinta e sete, trinta e oito, talvez. Ao lado dele, a tal mulher de cabelos cacheados em quem prestara atenção primeiro, quando ainda estavam do lado de fora.

– Eu também vim aqui outro dia. – disse ela, sentada atrás da menina. – Só não tive coragem de entrar.

Leon virou-se na cadeira para olhar para a mulher.

– Comigo foi diferente. Eu não vim aqui. Eu "estive" aqui... quer dizer... eu estive "espiritualmente" aqui, num outro cômodo dessa casa... lembro-me daquela mulher.

Todos se calaram. Ouviam um tilintar. Ninguém contestou a estranha declaração da menina. Eram todos "estranhos". Todos tinham sido atraídos, dragados até aquele lugar.

Ismael olhava para os ladrilhos. Fora o que menos se espantara com o comentário tecido pela garota. Ele também tinha "estado" ali. Enquanto os médicos lutavam para mantê-lo vivo. Tinha visto o chão de madeira e a parede recoberta por ladrilhos desbotados. Tinha visto os recortes nas paredes. Era aquele lugar. Estava reconfortado, pois sabia que estava ali por uma razão, por um motivo ainda desconhecido. Mas a promessa no cartão era clara. A promessa era a cura para o coração atormentado. Promessa de alívio. Sabia que era isso que os outros três visitantes procuravam. Estavam unidos por essa busca. Por essa razão. Esperaria o quanto fosse preciso. Dias, até. Gisela que se acostumasse ao banco de couro da Pajero.

Rosana talvez fosse a mais aflita. Estava perdida. Preocupada com as filhas. Queria receber logo o que o cartão prometia. O alívio. A paz. Queria viver bem com as filhas. Queria retomar a vida. Precisava retomar a vida. Vida que quase tinha ido embora horas atrás. Afogada num copo de calmantes. Num coquetel para os desesperados. Foi salva pelo amor das filhas. Foi salva por um bolo de aniversário. Por atenção. Mas sabia que aquela atenção seria apenas um paliativo. Buscava o remédio definitivo. Só assim se perdoaria. Só assim poderia ser a mãe que as meninas precisavam. Não seria mais uma sombra perdida na desgraça e vergonha. Uma mulher com medo do passado. Com medo do remorso. Com a culpa de as filhas não terem convivido com o pai na última semana de vida. Com uma traição despropositada. Sua corrente de pensamentos foi cortada quando ouviu passos se aproximando.

Os olhares foram de encontro à senhora que sustentava uma bandeja, com quatro xícaras altas e fumegantes.

– Tomem. Não quero ninguém com frio na minha casa.

O quarteto ainda estava tenso. Não se conheciam. Não estavam à vontade. Pareciam embaraçados diante da anfitriã. Sabiam o que queriam, mas não sabiam o que ela podia oferecer. Tampouco tinham coragem de iniciar um interrogatório. Teriam de esperar que a mulher começasse. Começasse a lhes falar sobre alívio.

Gentilmente a senhora distribuiu as xícaras cheias do líquido quente. A bebida exalava um aroma adocicado e convidativo.

– Esse chá é para que relaxem. Quero que fiquem calmos. Calmos para poder entrar em sintonia com o outro lado. Com aqueles que o chamaram aqui.

Rosana sentiu um arrepio percorrer o corpo, eriçando seus pêlos. Quem a tinha chamado ali? Recebera apenas um cartão.

Ismael também sentiu um arrepio cruzando a espinha. Prendeu a respiração. Que casa era aquela?

– O que vieram buscar está atrás destas portas.

Cada qual sorveu um pouco do líquido quente. Somente naquele instante notaram que cada par de cadeiras dava de frente para um par de portas. Quatro pessoas. Quatro portas. Cada um olhando fixamente para a porta a sua frente. Para sua porta correspondente.

– Quem terminar, pode ir.

Hélio assoprou dentro da xícara. Tomou um gole generoso, sentindo a língua ficar áspera após a queimadura do líquido quente. O coração batia rápido. A mente só se concentrava em acabar com aquele chá. Tentava não querer adivinhar o que lhe guardava a porta. Queria acabar logo com o ritual. Descobrir para que a casa servia. Estaria numa clínica psiquiátrica? Estaria num centro espírita? Seria a senhora uma médium? Lembrava-se da palavra. Seus olhos foram para um dos recortes de jornal na parede. Estava muito longe para ler. Entrara tão nervoso que nem se preocupara em descobrir a respeito de que falavam os recortes.

– Dona... Qual é seu nome? – interpelou Leon, quando a anfitriã se afastava.

A mulher virou-se lentamente e sorriu. Voltou caminhando devagar e afagou a cabeça de Leon, empurrando a touca de lã ainda molhada.

– É Irene, meu anjo.

– Dona Irene, o que tem ali? – perguntou a garota, olhando fixamente para a misteriosa porta a sua frente.

– Termine seu chá, Leonora. Termine seu chá e vá descobrir.

– Não tem água lá, não, não é?

Os outros três olharam para.a garota vestida de garoto.

Irene riu alto e olhou direto nos olhos da menina.

– Termine seu chá, Leonora. Asseguro que atrás daquela porta não tem água. Não como tem medo que haja. Pode encontrar um dia chuvoso... isso você pode. – Irene fez uma pausa afastando-se um passo. – Mas o que importa é que cada um de vocês veio aqui para encontrar o amor. Cada um de vocês encontrará o tesouro mais precioso de suas vidas atrás dessas portas...

Rosana inspirou fundo. O que a mulher estava querendo dizer?

– ... cada um de vocês terá o direito de tentar de novo. Terá direito a uma segunda chance. Não vão desperdiçar esse presente do destino; são poucos que o têm. Tudo poderão fazer. Poderão mudar. Viver. Só é proibido mudar o destino de quem está lá. Quem está lá, está lá. Não queiram trazer para cá... se tentarem, vão perder a chance. Esta casa não foi feita para trazer ninguém de volta. Só isso não é permitido. Esta casa foi construída para limpar os corações... fazer uma boa faxina na alma, sabem? – A velha passou a mão na ponta do nariz num momento de reflexão e olhar perdido. – Se *eles* perceberem que vocês tentarão trazer alguém de volta, vocês perderão a chance e talvez nunca mais possam tentar de novo. Peçam desculpas. Perdoem. Salvem suas vidas. Curem seus corações. Nem mais. Nem menos.

Os quatro ficaram em silêncio vendo a mulher se afastar.

Hélio assoprou mais uma vez o chá. Ia acabar logo com aquilo. Queria ser o primeiro a entrar e o primeiro a sair.

Rosana engoliu a última gota da bebida quente. O peito subia e descia rapidamente. Ainda sentada, curvou o corpo e colocou a xícara no chão. As mãos tremendo. Nervosismo. Fechou as mãos diante do rosto, ouvindo o ar bater contra a palma das mãos. Passou os dedos nos olhos, como se quisesse limpar os cantos das pálpebras. Levantou-se. Ajeitou a camisa que vestia, colada aos seios devido à água da chuva. Desamassou a calça jeans. Caminhou diante dos olhos atentos dos três colegas. Levou a mão trêmula até a maçaneta redonda. Sentiu o chá quente no estômago. O líquido parecia acalmá-la, "agindo". Respirou fundo e empurrou a madeira. Um som de ar correndo na pequena fresta oferecida. Abriu mais. Um quarto escuro. Olhou para trás e sorriu para os outros.

Eles pareciam mais nervosos do que ela. O semblante dos três demonstrava preocupação e ansiedade. Lentamente o sorriso esmoreceu, e Rosana voltou a encarar o cômodo escuro. Era hora de entrar. Hora de buscar alívio.

Capítulo 18

Rosana

Rosana

Rosana cruzou a porta. O cômodo estava submerso na mais completa escuridão. Toda a confiança que trazia se desvaneceu. Fechou a porta vagarosamente. O coração batendo rápido. Tateou a parede até encontrar um interruptor. Uma luz acendeu, criando penumbra. Era uma lâmpada recoberta por tinta azul, que deixava fazer uma claridade fraca. O suficiente para que ela enxergasse outra cadeira no meio da sala. O que era? alguma brincadeira? Rosana aos poucos se acalmou. Ao menos não tinha um fantasma ali dentro, nem mesmo uma turma em volta de uma mesa branca, evocando espíritos. Os olhos começaram a pesar. Ia fazer o jogo. Se aquilo trouxesse paz, ia ao menos tentar.

Acomodou-se na confortável cadeira, muito semelhante à que estivera sentada do lado de fora.

Mas dentro do quarto parecia muito mais aconchegante. Estava sentindo até uma ponta de sono.

Rosana pousou os cotovelos nos joelhos e pendeu a cabeça pra frente. Os cabelos caíram. Fechou os olhos. Estava exausta. Cansada. Estava naquela posição, em silêncio, quando sentiu um calafrio. Não se moveu. Não queria se mover. Só queria descansar um pouco. Ficar imóvel. Estava tão bom! Tão serena! Uma sensação de paz inundando o corpo. Parecia que quanto mais quieta ficasse, mais em paz se sentiria. Respirou fundo pela enésima vez. Apesar de ter visto que o quarto não possuía outras portas ou janelas, sentia uma ligeira corrente de vento acertando seus braços. Frio. Rosana perdeu a noção de quanto tempo ficou naquela posição. Parecia até que tinha cochilado e voltado à consciência. Manteve os olhos fechados. Paz. Olhos fechados. Um sussurro em seu ouvido. Os pelos dos braços se arrepiaram rapidamente. Ninguém na sala. Outro sussurro... quase inaudível. Rosana não conseguia abrir os olhos. Parecia estar afundando em níveis de consciência. Sono. Estava caindo. Aquela sensação de que ia cair. Uma música encheu os ouvidos. Medo. Rosana finalmente abriu os olhos, assustada. Sentiu um frio crescendo em seu ventre, irradiando para as costas, até cravar-se na nuca. O quarto estava claro. Não era mais o mesmo quarto. As mãos trêmulas. O gosto daquele chá doce na boca. Sentiu uma ligeira falta de ar.

Medo. A respiração foi voltando ao compasso... aqueles móveis... ela conhecia aquele novo lugar! Um velho lugar, na verdade. Sua casa! Seu quarto! Apertou os lábios. Via diante de si a porta do banheiro aberta. Vapor de um banho quente escapando do banheiro, cobrindo o carpete da suíte, subindo para o teto. Pôs a mão na boca, espantada, quando olhou para a cama. Sobre a colcha, um vestido vermelho. "O" vestido vermelho. Rosana olhou para o próprio corpo. Estava envolta numa toalha. No rádio tocava a música daquele dia, daquela hora. O cabelo molhado. Marco esperando no ponto de encontro. Rosana procurou acalmar-se. Tinha que acordar. Só podia ser um pesadelo. Recuperou o controle da respiração. O gosto daquele chá na boca. Sentindo o peso do líquido quente no estômago. Como seria possível? Era um sonho muito real. Levantou-se. Deus! Era o seu quarto, não restavam dúvidas. Abriu o armário. Suas roupas antigas. Coisas de que nem se lembrava. Foi ao banheiro. O vapor aderido ao espelho. Esfregou com uma toalha de rosto. Olhou-se no espelho. O rosto mais novo. Muito mais novo. Ela estava lá. Naquele dia. Naquele quarto. Naquela hora. Hora de ir ao encontro com Marco. Hora de trair o marido. A traição que nunca quisera ter cometido.

Rosana apanhou um roupão e voltou para a poltrona. Ficou olhando para o vestido vermelho. O vestido mais sexy que já comprara na vida. O maldito vestido vermelho. A boca estava ressecando. Sede. Não se levantou. Ficou quieta. Olhando para o vestido. Não colocaria aquele maldito vestido. Fora sempre isso que seu coração pedira. Que seu coração cobrara durante tantos anos de culpa e remorso. Não vestiria aquela peça. Não sairia daquele quarto. Não trairia o marido. Era para isso que estava ali. Era para reparar o erro. Recostou-se na poltrona e cerrou os olhos. Rosana estava mudando sua vida.

Cerca de dez minutos depois de cair num sono profundo, Rosana foi chamada de volta à consciência por um barulho na porta. O vestido vermelho continuava em cima da cama. Celso cruzou a porta e encostou-a atrás de si. Olhou demoradamente para Rosana, que retribuiu o olhar. A mulher em verdade não desgrudara os olhos do rosto do marido que pareciam prestes a saltar da órbitas. Era Celso! O marido que não via há anos! Vivo! Precisou se controlar para não dar um grito, para não saltar da poltrona e pular nos braços do marido. Celso, mudo, tirou os olhos de Rosana e olhou para o vestido. Andou até o meio do quarto. Cabisbaixo. Querendo falar mas não encontrando palavras para começar. Fazendo movimentos com a cabeça. Olhou de novo para o vestido e depois para Rosana.

– Vai sair?

– Não, Celso. Não vou sair.

– E o vestido?

– Estou experimentando, Celso. Comprei. Acho que ficou bom. Ia colocar para você.

Celso bufou, passou nervosamente a mão na testa, depois ficou parado um minuto inteiro.

Rosana, emocionada, incrédula, quieta, olhando para o marido. No passado, naquele instante, Celso estaria chegando a casa, encontrando o apartamento vazio. As meninas na escola e ela a caminho de uma tarde de sexo com o amante. Rosana fechou os olhos e abaixou a cabeça. Não precisava mais daquela lembrança. Ela não tinha ido. Estava ali, em casa, com ele, seu marido. Celso é quem deveria estar em outro lugar a essa hora do dia.

– Você não foi trabalhar?

– Sai mais cedo. Não estava agüentando. Precisava vir para casa.

– Ah...

Celso sentou-se na cama, de frente para Rosana, que ainda ocupava a poltrona.

– Precisava falar com você antes de fazer o que vou fazer.

Rosana olhou quieta para o marido. Como o amava! Amara-o a vida inteira! Por que as coisas tinham dado errado? Ela sabia que naquele momento de suas vidas a relação não estava nada bem. Estava péssima. Mas não importava. O que contava é que agora não tinha traído aquele homem. Nada mais importava. Já valia muito estar ali com ele, olhando para ele, sentindo o cheiro dele, mesmo sem saber que rumo a conversa tomaria. Não sabia, pois nunca estivera em casa quando ele chegara naquela tarde para ter aquele encontro. Nunca tinham tido aquela conversa. Olhou emocionada para o marido. Suas mãos não tremiam, mas sabia que seus olhos estavam vermelhos.

– Você sabe que a gente não está bem. – disse ele.

– Eu sei.

– A gente teve um casamento tão bonito... mas as coisas estão tão difíceis. – Celso fez uma pausa, pigarreou. A voz revelava nervosismo e insegurança. – Seu jeito comigo. Eu mudei, você mudou.

– Eu sei. Eu sei, Celso. – anuiu a mulher, em tom compreensivo, tentando deixar o marido a vontade.

– Eu quero dar um tempo, Rosana. Quero esfriar a cabeça. É melhor assim antes que um de nós faça uma loucura, uma besteira, ou que as brigas aumentem e acabe um machucando o outro com coisas mais duras que palavras.

Celso viu duas lágrimas descendo pelo rosto da mulher. Levantou-se da cama, andando pelo quarto.

– Sei que vai ser duro. Vai ser duro para você, para mim, para as meninas. Mas não dá mais, Rosana. A gente precisa se afastar do problema para enxergar melhor. Eu preciso de mais espaço...

– Eu sou um problema?

– Não, Rosana. A nossa vida está um problema. O que estou querendo dizer é que a situação está difícil e às vezes, quando a gente se afasta e fica quieto num canto, a gente vê o que está acontecendo de errado. Percebe o problema real... Não quero cometer nenhuma injustiça. Não quero dar nem um passo errado, precipitado... mas preciso de um tempo para ficar sozinho, Rosana.

Ela apoiou a testa na mão, abaixando a cabeça. Ele já tinha tomado a decisão de partir. Nem precisava ter feito o que fizera. A decisão já estava tomada. Ele estava ali para dizer isso. Ela fora uma burra. Agira precipitadamente. Apertou os olhos e suspirou.

Celso abriu sua parte do guarda-roupa e retirou duas malas prontas.

Rosana olhou para as coisas do marido. As malas feitas! Por isso ele tinha saído tão rápido naquele dia! Ele já tinha tomado a decisão e não importava o que ela fizesse ou deixasse de fazer. Isso vinha a sua mente naquele instante. Nunca descobrira a decisão prematura porque nunca puderam conversar depois. Nunca conversaram depois porque Celso... Rosana arrepiou-se. Lembrava que assim que ele saisse do apartamento, ela nunca mais voltaria a vê-lo com vida. Celso morreria em uma semana num acidente de trânsito! Levou a mão à boca e arregalou os olhos. Celso estava no banheiro, apanhando alguma coisa.

– Celso?

O homem voltou ao quarto.

– Senta aqui. – pediu Rosana, dando um tapinha suave no colchão, convidando o marido.

Ele estava espantado com a calma dela. Imaginara a cena muito mais difícil. Mas o que seria?

Assim que o homem sentou, Rosana olhou-o profundamente nos olhos. Depois, passou a mão no rosto do marido, deixando-o desconfortável.

– Não dificulte as coisas agora, Rosana. Eu...

– Ssshhh... – fez a mulher, colocando o indicador diante dos lábios. – Não estrague você o meu momento. Eu sempre quis estar aqui para ter esse papo com você, Celso.

Ele não estava entendendo o rumo da conversa. A mão da mulher continuava em seu rosto.

– Celso, eu sempre te amei tanto, tanto. Estou tão confusa quanto você. Olha, não sei quanto tempo a gente vai se ver ainda. Quanto tempo estaremos juntos aqui, neste momento, mas quero te dizer que você foi a melhor coisa que aconteceu na minha vida, meu querido...

– Poxa, Rosana...

– Ssshhh. Calma. Calma. Não vou pedir para você ficar, mas já que você vai partir, quero que parta, Celso, com a melhor lembrança possível, tá bom? – disse ela, com mais lágrimas descendo pelo rosto. – Não sei para onde você está indo. – ela fez uma pausa, uma dor trespassando o peito, um calafrio na espinha. – Celso, não sei para onde você vai, mas quero que saiba que sempre te achei um excelente pai para as meninas. Um excelente marido. Tivemos nossos bons momentos, Celso. Temos nossos problemas, também. Não sei o que aconteceu com a gente, mas aconteceu. – Rosana fez uma pausa, olhando para o marido e acariciando-lhe a face. – Acho que as pessoas se cansam umas das outras. O tempo passa e, quando cai no batidão do dia-a-dia, as pessoas enjoam umas das outras. Precisam de um tempo... como você está me pedindo. Mas vê se não some. Se puder, quando sentir falta, me liga, me chama; antes de ser tua mulher, Celso, eu sou tua amiga. Te quero muito bem. – Nova pausa para a mulher secar as lágrimas com a manga do roupão. – Quero que me prometa uma coisa, Celso. Só uma coisa.

– O quê?

– Durante essa primeira semana de separação, essa semana inteirinha, quero que venha todos os dias ficar um pouco com as meninas. Invente um passeio, um jogo, qualquer coisa.

– Nossa, Rosana, até parece que você tá me pedindo para ir pra forca. Claro que venho ficar com as meninas!

– A gente marca até uma hora para você chegar, eu saio, vocês ficam sozinhos, bem à vontade. Não vou atrapalhar esse momento de vocês.

– Não precisa ser tão rigorosa, Rosana. Estamos só dando um tempo. Não estamos indo morar no exterior, nem tem ninguém morrendo também.

Rosana baixou a cabeça.

Celso levantou, apanhou as malas e foi em direção da porta.

– Só uma última coisa, Celso.

O homem tornou a cabeça, esperando.

– Não anda de ônibus essa semana, não. Anda de táxi.

Antes que o homem questionasse, Rosana sentiu um calor súbito. Uma vertigem. A luz do quarto tornou-se azul. A cama em que estava sentada parecia mais uma cadeira do que com um colchão. Celso estava lá, olhando para ela, cara de quem não tinha entendido nada ou a estava achando uma maluca. Parecia não ver as mudanças a sua volta. Ele mesmo era só um espectro. Rosana podia ver a parede através do marido.

– Do que você está falando, Rosana?

A mulher meneou a cabeça.

– Nada. Nada, Celso. Só estou brincando.

Celso, junto com o quarto todo, voltou a materializar-se. Rosana olhava em volta, parecendo anuviada.

Celso balançou a cabeça e continuou andando, abrindo a porta, chegando ao corredor do apartamento. Antes de desaparecer, virou-se, colocou as malas no chão e encarou a esposa uma última vez. Agora era ele que tinha os olhos rasos dágua. Olhou Rosana demoradamente.

– Rô... obrigado por ter vindo aqui hoje. A gente estava mesmo precisando ter essa conversa. – ele ergueu a mão para enxugar uma lágrima. – Esse papo... esse encontro está me fazendo tão bem... você não pode imaginar o quanto. É como se eu estivesse sentindo o que você sentia. Sofrendo o que você sofria. Guardar esses sentimentos não faz bem pra gente. Pra ninguém. Também não sei para onde vou... – murmurou o homem lançando um olhar perdido para o corredor escuro a sua frente, tirando as malas do chão. – Mas muito obrigado por ter aparecido. Estou me sentindo muito bem agora.

Rosana emocionou-se pela milésima vez naquele dia. Sentiu um alívio indescritível no coração. Talvez a descrição mais próxima fosse a sensação de Celso estar removendo um punhal de seu peito. Secou o rosto pela enésima vez. Sentia-se livre de um pesadelo. Livre de uma tormenta. Seu homem sumiu no corredor.

– Boa viagem, querido... boa viagem. – murmurou a mulher, vendo o marido pela última vez.

Capítulo 19

Leon

Leon

Leon respirou fundo ouvindo a mulher fechar a porta. Olhou para a xícara. Faltava pouco menos da metade do líquido doce e fumegante entre as mãos, aliviando o frio penetrante causado pela água da chuva que fazia com que a roupa aderisse à pele.

Ficaram os três em silêncio. Ouvindo a chuva batendo no telhado do pavimento superior. A casa cheirava a coisas velhas. Dona Irene não fazia barulho algum na cozinha. É até apropriado dizer que nem ao menos tinham certeza de que ela ainda permanecia lá, talvez já estivesse em outro cômodo.

Leon raspou o tênis contra o chão de tábua. Olhava fixamente para a porta a sua frente. Pensava naquela casa. Na estranha viagem que tivera sob o efeito das drogas. Como era possível que já tivesse estado ali? Como? Lembrava-se de dona Irene. Não tinha visto as feições da mulher naquela ocasião, mas era ela. Tinha certeza. A voz. Era ela quem dissera que Leon precisaria estar ali. Ela é quem a salvara, juntamente com o estranho homem de sobretudo que lhe estendera o cartão. Se fora arrastada de sua cidade a cento e oitenta quilômetros dali, era porque nada de mau estava atrás daquela porta. Era porque a promessa de alívio era verdadeira. Respirou fundo novamente. Engoliu o chá todo de uma vez. Secou os lábios com as costas da mão e, sob o olhar velado dos dois homens restantes, aproximou-se de sua porta. Olhou para trás e buscou solidariedade nos olhos dos "colegas". O que chegara no carrão importado lhe sorriu, como que apoiando sua decisão e lhe dando força.

A garota tocou a mão na madeira da porta. Frio. O que tinha do outro lado? Uma câmara frigorífica? Deslizou a mão até a maçaneta. Girou, destravando a porta. Uma sensação boa. Um quarto escuro. Leon afastou a folha de madeira, colocou um pé para dentro e virou-se para os espectadores.

– Qualquer coisa, eu grito. Brincou

Leon entrou. Viu um interruptor do outro lado do quarto. Quando deu dois passos naquela direção, a porta fechou-se sozinha. Arrepiou-se com o susto. O quarto ficou completamente escuro. Caminhou lentamente, com os braços erguidos, em direção ao interruptor. Lembrava-se de uma cadeira no meio do caminho. Tomou cuidado para não tropeçar. Alcançando o interruptor, acionou-o rapidamente. Uma luz fraca, azul, inundou todo o quarto, mantendo-o na penumbra. Ficou parada, olhando em volta, deixando os olhos se acostumarem à pouca claridade. Definitivamente, nada de água. A única água existente pingava eventualmente de sua roupa encharcada. Pigarreou. Olhou para a cadeira. Parecia confortável. Andou devagar. O quarto passava uma sensação estranha. Cheiro de flores mortas. Cheiro de velório. Estava incomodada. Ajeitou-se na cadeira. Gostoso. Relaxou o corpo, afundando no estofamento. A sensação de incômodo começou a se dissolver. O cheiro de flores estagnadas foi desaparecendo. Estava relaxada. A luz era calmante. Fechou os olhos. Sensação de que precisava esperar. Esperar alguém. Ouviu um sussurro. Vozes. Estava tão relaxada que não conseguiu abrir os olhos. Sua imaginação estava ativa. As vozes. Mais de três tons diferentes. Sussurrando coisas. "*Limpe o coração.*" – dizia uma delas. Leon sentia sono. Medo. Parecia caminhar em um pasto lamacento. As pernas pesadas. Cansaço. Os olhos mais pesados ainda. As vozes lentas, afastadas, pastosas... sumindo. Arrepiou-se. Pareciam fantasmas. Leon lutou contra o sono. Queria entender o que as vozes diziam. Lutou contra o sono, tentando abrir os olhos. As pálpebras não respondiam. Forçou ao máximo. Elas não despregavam. O cheiro de flores e velas voltou com clareza. Uma voz forte bem ao seu lado. Leon inspirou, deixando o cheiro de flores infestar o nariz. Finalmente conseguiu abrir os olhos. Uma luz poderosa a deixou cega e confusa por uns instantes. A voz, tão viva, era como se tivesse alguém ali. Uma imagem a sua frente... aquela sensação estranha que fica depois de sairmos de um ambiente escuro para a luz direta do sol.

– É tão ruim vir nesses lugares, não é Leon?

Leon confusa. A luz forte incomodava. Quem estava do seu lado? Tinha entrado mais alguém no quarto?

Abriu os olhos lentamente.

– Você tá me ouvindo, cara? Cê tá legal?

Leon não respondeu. Finalmente os olhos se adequavam à claridade. Respirava rapidamente. Confusa. Estava dentro de um carro. Abafado. Os vidros salpicados por gotículas dágua. Girou a manivela para abrir o vidro. Onde estava o quarto escuro?

– Leon, se você não tá legal... se quiser ir embora, eu te levo.

A garota olhou para o lado. A pele arrepiada. Devia estar com os olhos arregalados, pois o rapaz no banco do motorista estava visivelmente preocupado.

Leon levou a mão à boca. A memória lhe dizia quem era aquele cara. Era o Moça. Um amigo gay da adolescência, também conhecido como Mercedes. Estava surpresa. O que fazia no carro do Moça? Se não estava enganada, a última vez em que botara os olhos no Mercedes fora no enterro...

– Perder pai é barra, Leonora. Mesmo sendo um cachorro feito o seu. Mexe com a gente. Eu sei como é, Leonora. Eu bem sei.

Leon olhou para fora do carro. Não era à toa que sentia cheiro de flores de velório. Estava num cemitério. Num, não. Melhor dizendo, estava "no" cemitério. No qual o pai fora enterrado. E como naquele dia, estava no carro do Moça, espiando da janela o funeral do pai. O pai que a afastara de casa depois de descobrir sua predileção por pessoas do mesmo sexo. O pai que a colocara na rua num dia de chuva, com uma mão na frente e outra atrás. O pai que a afastara da mãe. A mãe que não pedira que voltasse para casa. Que nunca a procurara. Leon olhou para o Moça.

– Eu tô legal, Mercedes. Eu vou ficar. Só me dá licença um instante. – pediu Leon, descendo do carro e caminhando pela alameda asfaltada.

As árvores balançavam suavemente, empurradas devagar pelo vento. Folhas secas estendiam-se pelo caminho e emitiam o característico murmúrio quando pisadas. Eventualmente, misturada ao vento, vinha uma suave garoa. De tão suave, mal conseguia molhar o caminho.

Leon tirou um Hollywood do bolso e acendeu. Sabia o que estava fazendo ali. Sabia exatamente. Estava confrontando o momento mais duro de sua vida. O momento em que se acovardara e aceitara para ela mesma que sua condição seria dali para frente uma condição marginal. Aceitara todo o discurso, todo o falatório do pai. Não tivera peito de enfrentar o velho nem depois de morto. Não tivera peito de aproximar-se e ajudar a carregar o caixão. De dar-lhe um último tchau. Leon tragou demoradamente, olhando fixo para o aglomerado de pessoas em torno dos homens que conduziam o caixão. Tinha bastante gente. O pai era um homem cheio de amigos. Advogado. A mãe... uma pobre sombra. Uma mulher triste que só fazia as coisas do lar, sempre podada. Nunca era a ela permitidas novas coisas. Aulas de línguas? Para quê? Pintura... material caro. Fotografia? Toma essa maquininha aqui que tá bom. Projetos e projetos engavetados. Lembrava a mãe tratando-a com muito amor. Dos mimos e cuidados. Dela não perder uma reunião de pais e mestres. Dos agrados no Natal. Dos cafés da tarde. Desenho. De passear à tarde na praça. Dos abraços. Dos beijos. Leon sorriu, soltando mais uma baforada. O que teria acontecido com a mãe depois que ele a tocou para fora de casa? Certamente o pai obrigara a romper com Leon. O pai não permitiria que a menina voltasse. A mãe teria de aceitar da mesma forma como se estivesse desistindo de começar um curso de datilografia. Leon baixou a cabeça.

Conhecia a mãe. A mulher também tinha medo de ser colocada para fora de casa. Na época, Leon cultivara um ódio tremendo dos dois. Que depois se transformou em pena de si mesma. Depois em vício. O pai falecera um ano após a ter colocado fora de casa. Não tivera coragem de encontrar com a mãe. Não quisera se encontrar a mãe. Mas a mãe também definhara com a casa vazia. Morrera com um pouco mais de um ano do enterro do velho. Morrera deprimida. Leon nunca mais a tinha visto e estava drogada demais para se importar em aparecer para ver a mãe ou ir ao enterro. Arrependimento. Dor. Angústia. Drogas. Drogas. Drogas.

Leon reparou que a luz do dia estava se modificando. Um vento mais impetuoso soprava os galhos, e as nuvens mais escuras começavam a dar o ar da graça.

Olhou para o cortejo. Alguém fazia um discurso. Choro. Aquele cheiro insistente de flores de cemitério. Sentiu frio quando o vento bateu em seu corpo. As roupas ainda estavam úmidas da chuva que tomara antes de chegar à casa amarela. Tirou a touca de lã e enfiou-a no bolso traseiro da calça. Ajeitou o cabelo curto e ruivo com as mãos. Jogou a bituca do cigarro na guia e contorceu a boca. Estava ali para um motivo. Sabia o que queria fazer. O que não fizera três anos atrás. Deixou a proteção de um túmulo para ganhar o caminho até onde o corpo do pai seria sepultado.

Estavam a cerca de quarenta metros, todos olhando para o caixão fechado; ninguém notou a filha lésbica do advogado se misturando aos "normais". Nenhum escândalo. Leon alcançou o amontoado de gente. Misturou-se aos vestidos de preto. Arrastou o corpo entre a massa de gente que se empoleirava junto ao caixão que começaria a descer em instantes, assim que o orador terminasse o discurso. Leon não o conhecia, mas o homem falava coisas bonitas... parecia realmente preocupado em amenizar o sentimento de perda para os familiares e amigos do advogado. Leon precisou empurrar um senhor alto e gordo para se aproximar. Não queria chegar junto do caixão. Não era isso. Empurrou mais uma pessoa e finalmente conseguiu estender a mão. Queria a mãe. Queria alcançar a mãe. Não estava preocupada com aquele crápula controlador que arruinara com sua vida e com a da mãe. Não se importava em prestar-lhe ou não a última homenagem. Mas devia a mãe um encontro derradeiro. Devia a mãe apoio naquela hora que poderia estar sendo a mais difícil em sua vida. O homem que fora seu companheiro por mais de vinte e cinco anos. O homem que lhe dera objetivos para a hora de acordar e a hora de dormir. O homem que agora não estava mais ali. O homem que ia faltar. Leon alcançou a mão da mãe. Apertou e aproximou-se. A mulher não notou de primeira que agora era filha que estava ali do seu lado. Foram tantos ombros e tantos rostos expressando os sentimentos, que nem se tornava mais quando um novo condoído se aproximava. Mas aquela mão fria e pequena repentinamente pareceu-lhe muito conhecida. A mulher, silenciosa e com os olhos vermelhos, virou o rosto. Era a filha que estava lá. Leon pôde sentir a gratidão nos olhos da mulher. Sentir o amparo que estava proporcionando para a senhora, sua mãe. Curvou-se e beijou ternamente a mão da adorada mãe. A mulher abraçou a filha e apertou-a em silêncio. O orador se calou, e o caixão começou sua descida lúgubre, encerrando debaixo da terra mais um que terminava o ciclo material.

Leon não saberia precisar quanto tempo ficou naquele abraço apertado com a mãe. Podia sentir o coração da mulher batendo contra seu peito. Ambas choravam. Um choro terno, não um choro de desesperados. Não choravam pelo velho no caixão. Choravam por elas mesmas. Pelos abraços perdidos. Pelo tempo perdido. Pelos encontros proibidos. Choravam por elas mesmas.

As pessoas se afastaram, voltando aos carros, deixando mãe e filha a sós.

Leon enxugou os olhos e encarou a mãe. Encontrou nela traços tão seus. Tinha tanta saudade! A mãe. As palavras faltaram, e Leon voltou a abraçar forte dona Tânia.

A mãe afagou o cabelo curto da filha. Pousou o nariz nos fios. O cheiro da filha. O mesmo cheiro desde a infância. Cheiro de amor. Beijou-a no rosto e encarou-a.

– Por onde você andou, filha?

Leon coçou a cabeça, tentando se fazer de forte e não chorar mais; deu um sorriso sem graça e respondeu:

– Por aí, mãe. Tenho andado por aí. Mas estou bem. E a senhora? Tudo bem com a senhora?

Dona Tânia olhou para o túmulo do recém-sepultado. Leon sentiu-se uma idiota. A mãe estava passando um mau pedaço.

Dona Tânia tornou a olhar para a filha passando um lenço debaixo dos olhos. Estava dentro de um vestido preto que escondia seu peso um pouco acima. A mãe era bonita.

– Estou bem, Leonora. Agora que você está aqui, eu estou bem melhor.

Leon não sabia o que dizer; estava contente pelo simples fato de estar ali, como queria ter estado três anos atrás. Estava tendo a chance de reparar algo que ela considerava um erro e que não saía da cabeça. Tivera medo de que a mãe não aceitasse sua mão. Não a olhasse nos olhos, a discriminasse como o pai. Mas agora estava confirmado. A mãe fora apenas uma peça conservada dentro do esquema que o pai montara. A mãe fora proibida de procurá-la... e Leon também havia dificultado bastante as coisas, desaparecendo, sem deixar rastro para ser encontrada em uma busca fácil. A mãe certamente teria de ir contra o marido para conseguir tempo e dinheiro sem levantar desconfianças. Cedera à pressão daquele homem ruim.

– Seu pai não era ruim, Leon. – disse a mãe, como se lesse seus pensamentos.

Leon chegou a sentir os pêlos se arrepiarem.

Um vento mais forte passou pelo cemitério. As árvores balançaram, fazendo barulho.

Tânia olhava para a copa de algumas delas.

O chão gramado do cemitério, forrado com várias placas ao nível do chão, guardava ali debaixo outros corpos, outras histórias.

– Era só o jeitão dele, filha. Não o deixa ir para o lado de lá com tanta raiva no peito. Só vai fazer mal para ele, para você. Vocês têm de ficar de bem, meu anjo. Não é tarde ainda. Não é tarde. Perdoa-o no teu coração, como deve ter perdoado tua mãe.

– Oh, mãe... eu nunca te culpei, mãezinha.

Dona Tânia ficou com os olhos cheios dágua novamente.

– Não sei o que você anda aprontando, filha, estou tão distante, mas de algum jeito sei que você não está bem... que está perdida, precisando de mim.

Leon engoliu em seco, continuou ouvindo a mãe.

– Seu pai tinha uma cabeça atrasada, filha.

Esse negócio de você amar só mulher... foi demais para ele, tenta entender.

– Mas ele me pôs para fora de casa, mãe. Me largou na rua. É difícil entender.

– É um jeito de encarar a situação, Leon. Seu pai era atrasado, mas era um homem bom. Era tão atrasado que nunca admitiu que eu trabalhasse, mesmo eu morrendo de vontade. Nunca me deixou fazer um curso, Leon, mas também nunca levantou a mão pra mim. Nunca me agrediu. Gritava, se alterava... você conhecia a peça, não preciso ficar aqui falando... Essa coisa de você ficar com mulher foi duro até para a mãe... que dizer pro seu pai.

Dona Tânia abaixou a cabeça e levou um lenço branco aos olhos.

Leon ficou quieta, de frente para a mãe, com as mãos nos bolsos da calça.

– Ele te amava, Leon.

– Amava nada, mãe. Ele me detestava. Ele me rejeitou, me discriminou.

Dona Tânia segurou o rosto da filha entre as mãos com os olhos cheios de ternura.

– Ele te amava, Leonora, por isso te pôs para fora. Foi o jeito dele aceitar a situação.

– Mãe...

– Ele sabia que se você ficasse em casa, com essa "mania", com essa coisa... ia ser uma guerra atrás da outra. Ele te mandou embora para você seguir a vida que escolheu, Leonora. Ele não te bateu. Ele não pediu para você não amar mulheres... ele nunca pediu isso, mas ele afastou você... afastou por amor, Leon. Assim, você poderia ter seus amores, viver sua vida.

A garota sorriu ao ouvir a mãe se referir a ela como "Leon". Quantas vezes tinha pedido aquilo e nunca escutado! Leon enxugou o rosto. Olhou para o céu, agora completamente cinza. Por que o céu ficava sempre com aquela cor em dia de enterros?

– Vê se não some, filha. Vem ver sua mãe quando quiser. Agora aquela casa é minha, e você pode voltar a qualquer dia, a qualquer hora.

Leon balançou a cabeça positivamente. Uma gota dágua atingiu seu rosto. Chuva. A mãe se virou na direção da capela. Leon olhou pra trás, onde estava a Belina do Moça. Voltou a olhar para a mãe que ia para a capela, buscando proteção contra as gotas que vinham do céu. Só então lembrou que não veria mais aquela mulher que tanto amava. Que quando, de alguma forma, voltasse para o lugar de onde tinha vindo, sua mãe já estaria morta e enterrada, sem chance para um novo encontro. Seria o último momento em que estaria com a mãe. A última vez. Pensou em pedir que ela se cuidasse, mas lembrou-se da dona Irene comentando alguma coisa, dizendo que esse tipo de aviso era proibido. Instantaneamente começou a sentir saudades da mãe. Saudades daquele encontro mágico. Seus olhos continuaram sobre a mulher enlutada que acelerava os passos em busca de cobertura. Leon chamou-a:

– Mãe!

Tânia virou-se, olhando muda para a filha.

– Tchau, mãe. – disse a garota, pondo os dedos sobre os lábios e mandando um beijo no ar.

A mãe acenou e sorriu, se virando em seguida, caminhando de encontro à capela.

– Mãe! – tornou a chamar, com lágrimas nos olhos.

A mulher se voltou mais uma vez. Continuou muda.

Leon correu e a mãe abriu os braços, envolvendo a filha, enfiando os dedos nos cabelos ruivos da menina, abraçando-a com toda a força.

Leon chorava aos prantos, agarrada à mãe e não querendo largar.

– Não chora, Leonora. Não chora, querida. – disse baixinho, beijando a cabeça da filha.

Leon continuou o choro e não parecia disposta a deixar a mãe.

– Eu gostei de ter visto você aqui, Leon. Gostei muito. Posso dizer que agora estou em paz. E teu pai também estará quando você o perdoar.

Leon enxugou as lágrimas.

– Também te amo muiiito, Leonora. Te amo muito, filha. Nunca duvide disso, tá? Segue tua vida em paz, filhinha. – desabafou a mulher, intercalando as palavras com beijos carinhosos no couro cabeludo da filha. – Vai em paz, Leonora. Obrigado por ter vindo ver a mamãe. Obrigado.

Leonora finalmente afroxou o abraço e deixou a mãe se afastar, escapando da chuva que se intensificava. Virou-se e correu para a Belina que a esperava. Tomou seu lugar no banco de passageiros, ao lado do Moça, que lhe recebeu com um sorriso.

– Te vi com a sua mâmi. É isso aí, cara. Tem que fazer as pazes. – comentou o amigo, girando a chave no contato e dando partida no motor.

Com a chuva, em poucos segundos os vidros da Belina se embaçaram. Leon ficou calada, pensando em tudo que ouvira da mãe. Será que ela sabia que o encontro fora uma segunda chance para todos... ou todo aquele discurso se encaixava numa tremenda coincidência?

Recostou a cabeça no banco. O tamborilar da chuva na lataria do carro era gostoso. Ficou calada, e Moça não parecia a fim de quebrar aquele momento. Estava viajando há muito tempo. Apesar da felicidade que infestava seu peito, o sono foi maior. Leon não queria dormir, pois suspeitava que seria a senha para a passagem para o cômodo de luz azul. Mas bastou um cochilo de poucos segundos para a luz do dia mudar novamente e Leon se ver dentro do quarto sombrio da casa amarela. Respirou fundo e deixou o corpo largado na cadeira um instante. Tinha voltado, mas ainda estava cansada. Fechou os olhos mais uma vez e permaneceu relaxada. Sorriu. Com os olhos fechados, via novamente sua mãe.

Capítulo 20

Ismael

Ismael

Ismael ouviu a porta se fechando. A menina de cabelos vermelhos tinha desaparecido dentro do cômodo escuro.

Quando se virou, viu que o homem da fileira de trás olhava diretamente para ele. Ensaiou um sorriso sem graça.

Encarou a porta logo à frente. A sua porta. O sorriso forçado desapareceu. Cerrou os olhos, como se assim pudesse olhar através da madeira antiga e adivinhar o que o esperava do outro lado.

Sentiu frio por causa da roupa molhada. A água escorria do cabelo, espalhando-se pelo pescoço, descendo pelas costas. Tornou a sorver da bebida fumegante para esquentar o corpo. O líquido doce desceu pela garganta, formando um bolo morno ao acomodar-se no estômago. Aquecido, voltou a encarar a porta e a se perguntar mentalmente que raio de casa era aquela. Por que estavam ali? Ou melhor... por que estava ali de novo, posto que mentalmente já havia visitado aqueles cômodos? Havia visto a casa com tamanha clareza e nitidez, que assustava. Estaria num centro espírita ou coisa do gênero? Arrepiou-se com a pergunta. Se estava... o que seria feito para lhe trazer alívio? Talvez uma psicografia? Nunca acreditara naquelas baboseiras de espiritismo, em cartas ditadas por mortos, muito menos nos livros água-com-açúcar da Zíbia Gasparetto. Não. Não parecia um centro espírita. Porque parecia pronto para acreditar em tudo agora? Por que algo lhe dizia que era disso que tratava a coisa... espíritos? Não sabia dizer. Estava com medo da porta. Do rumo que a coisa tomaria a partir do momento em que cruzasse aquele umbral. Contudo, só existia uma forma de descobrir. Tomou rapidamente o que restava em pequenos goles, cuidando para não queimar a língua. Bebida doce demais! Levantouse, lançando um olhar ligeiro para o homem que restava. Encarou a porta e se aproximou. Tocou a maçaneta de ferro frio. Girou a peça oval até ouvir a fechadura estalar. A porta estava aberta. Afastou a folha de madeira, enxergando um quarto escuro. Uma cadeira. Adentrou e fechou a porta vagarosamente, produzindo outro estalo. Escuro.

Sentia uma brisa fria no rosto, com se houvesse um corredor de ar. Os olhos procuraram pela luminosidade de um interruptor. Encontrou algo do outro lado do quarto. Caminhou devagar até tocar no ponto verde levemente fluorescente. Uma luz fraca encheu a sala. Chão de taco. Cheiro de mofo, umidade. Cheiro de sua infância pobre. A lâmpada parecia ter sido mergulhada em tinta azul. Ismael sorriu. Se dona Irene quisesse, poderia lhe dar algumas lâmpadas especiais de suas pistas de dança, ficaria mais bonito e agradável do que aquilo ali. Ismael olhou para as paredes. Não podia ver bem. Penumbra. Sentou-se na cadeira. Conforto. Agradável. Relaxou e deixou o corpo se acomodar no assento macio. Fechou os olhos por um breve momento. Cansaço. Os músculos foram se tornando pesados. Estava exausto. Não conseguia se mover. Precisava ficar quieto e descansar. O sabor do chá quente na boca teimando no paladar. Manteve os olhos fechados. Estava tão bom daquele jeito! A cadeira era tão confortável! Respirou fundo, procurando relaxar o máximo. Sono. Se demorassem muito ele acabaria dormindo. Por que deveria esperar naquela sala? Pensou até em ficar em pé para não adormecer, mas estava tão bom naquela posição... tão aconchegante. O que fariam com ele naquela casa? Fechou os olhos. Parecia perder a consciência. Parecia flutuar. Mesmo de olhos fechados percebeu a luz mudar. O ambiente mudar. Os músculos se tencionaram. Retraiu as pernas. Ismael procurou manter a calma, mas estava difícil. Ouviu um barulho as suas costas. Como alguém batendo ferramentas. Olhou para a cadeira. Não era mais confortável. Era dura. Uma cadeira com a tinta esmaltada toda descamada, descascada. Uma cadeira feia. Uma casa feia. Estava numa cozinha.

– Filho. Ô filho!

Conhecia essa voz. Mas era impossível ouvi-la novamente... exceto em suas memórias. Ismael engoliu a saliva. Mãos trêmulas. O peito doendo. Não. Não podia ter outro infarto. Não naquele momento. A voz vindo através da porta... não era possível... era a voz de seu falecido pai!

– Ô filho! Traz uma caneca dágua gelada pro pai.

Ainda trêmulo, pôs as mãos sobre a mesa. As mãos tocando a toalha plástica e decadente. Respirou fundo. Era um homem, pombas! Não podia chorar. Mas a sensação de estar ali era mais forte do que ele. Era confrontar seus sentimentos mais pesados. Seus ressentimentos mais obscuros. Era com ser jogado de volta a uma tormenta. O lar, que deveria ser o refúgio, o lugar mais calmo, era o lugar por ele mais detestado. Sair dali. Fora o que sempre quis. Então, estava lá, de repente, arremessado de volta ao lugar que odiava. A casa pobre. O menino mais pobre da sala de aula. O cara que nunca tinha grana para sair com os amigos. Que inventava desculpas ou dizia que não gostava disso ou daquilo na lanchonete.

– Ô menino? Não tá ouvindo? – gritou o pai, ainda da garagem.

– Já vou, pai. – respondeu a voz rouca e turva de Ismael.

Olhou para a geladeira e abriu-a. Apanhou a garrafa dágua do pai e entornou num copo até a boca. Ainda tremia, posto que a água escorria pelas bordas.

Chegou à garagem larga e suja de óleo. O pai mexia no carro. Um carro batido, com um farol quebrado, com a pintura horrorosa, precisando de reforma e funilaria urgente... precisava era ser trocado por um novo urgente. Esse era o passatempo do pai. Carros. Era doido para ter um novinho, um do ano, mas o máximo que conseguia era aquilo, ficar remendando um Corcel velho, um Fuscão... nunca um carro novo. Vivia sujo de graxa, assumindo o posto de mecânico de fim de semana.

O homem levantou a cabeça mergulhada no motor, sob o capô. Olhou para o filho que parecia paralisado, na porta da cozinha.

Ismael, reparando nos olhos fixos do pai, tentava adivinhar o que o velho Elias pensava. Certamente sua fisionomia não batia com aquela em que o velho pai botara os olhos no último dia. Na ocasião, Ismael tinha dezoito anos, quase vinte anos mais moço, a pele envelhecera e o olhar vivaz estava mais apagado.

– Cê tá bem, menino? Tá com uma cara! Comeu alguma coisa?

– Tô legal, pai.

– Sério?

– Sério, pai.

– Então, passa pra cá essa caneca dágua, menino.

"Menino", repetiu mentalmente Ismael.

– Toma, pai.

O velho virou a caneca de uma só vez, secando o excesso de água com os pêlos do braço.

Ismael caminhou para perto do Corcel. Ainda se sentia perdido. Como era possível? Como é que "estava" ali? Sim. A sensação era essa. A de "estar" lá... não a de ter adormecido e agora viver um sonho. Estava de volta ao lar. De volta a sua velha casa. O gosto doce da beberagem impregnando sua língua. O estômago quente. Olhou para a porta da cozinha, colocando as mãos na cintura, pensando que um instante atrás estava numa casa. Uma casa estranha. A casa do cartãozinho. Passou a mão no cabelo e voltou a colocá-la na cintura.

– Toma jeito de homem, moleque. Que coisa é essa agora? De mãozinha na cintura?

Endireitou a postura, olhando para o pai com um sorriso embaraçado na boca. Havia esquecido que ele tinha a mania de ficar pegando no pé dos meninos que colocavam a mão na cintura.

Abaixou-se perto da porta de motorista do Corcel enquanto o pai tornava a debruçar-se sobre o motor. Ismael olhou-se no espelho. Outro susto. Ficou de pé, sentindo um suor frio brotando na testa. O rosto no espelho... era o de quando tinha dezoito anos!

– Cê foi ver aquele negócio do Exército, moleque?

Ainda aturdido, não respondeu.

– Eu acho que você devia se alistar, menino. Ia fazer bem para você... pra você conhecer o mundo de verdade.

Ismael sentiu os pêlos do corpo arrepiarem-se mais uma vez. Lembrava-se. Estava na casa do pai. Estava com o pai. Estava com ele naquele dia. O dia da discussão. O dia em que dissera barbaridades para o pai. E tudo começara com aquele papo do Exército. Que o pai insistia em que seria boa coisa. Mas na verdade queria era afastar a cabeça do filho daqueles projetos, daquelas idéias de ser dono de teatro, dono de estúdio de fotografia ou qualquer que fosse o empreendimento da vez.

– Esse negócio de ser empresário não é assim, não filho. Cê ainda quebra a cara e acaba aqui, feito o teu pai, sonhando com carro do ano e colando cano de escape de "poisé" com massa. Toma jeito, menino. Põe uma farda nesse esqueleto e começa a pegar no batente de verdade.

Ismael respirou fundo e cerrou os lábios. Era sua deixa. Na primeira vez em que tiveram aquele encontro, era aquele o momento em que começara seu sermão, seu monólogo destrutivo que tinha matado antecipadamente um pouquinho do coração e da auto-estima do velho pai. Ismael abaixou a cabeça e inspirou novamente. Estava tendo a sonhada segunda chance. A chance de voltar lá, voltar àquele dia e calar a boca. Não machucar o homem vivido, que tentara lhe dar uma boa vida. O homem vivido que não ganhava o suficiente para realizar o próprio sonho; comprar um carro do ano. Um homem que ria da própria sorte e da luta invencível contra a pobreza, cujo maior sonho naquela altura era uma aposentadoria decente, o suficiente para tomar sua cervejinha no final de semana.

– Vou ver, pai. Vou ver.

– É isso filho, tem que ir ver mesmo. Esse negócio de empresário não é pra gente como a gente. Gente como a gente tenta e leva tombo e não levanta mais. Não é fácil ter negócio próprio. Precisa de estudo, de tarimba e de muito dinheiro, principalmente dinheiro.

– Eu sei, pai. Mas é aí que a gente tem que mostrar à que veio. Se cair, levanta. Eu penso assim.

O pai gemeu enquanto apertava um parafuso. Um vento morno entrava através das ripas do portão de madeira.

– Você é esforçado, filho. Mas tem que começar por baixo. Entra pro Exército, entra prum banco... contínuo. Hoje tu começa contínuo, daqui uns anos é gerente de agência.

– Daqui uns vinte anos... – murmurou Ismael, não contendo o comentário.

O pai levantou o rosto.

Ismael contornou o carro.

– Vinte anos passa rápido, filho... cê não sabe o quanto. Parece que foi ontem que eu tinha o rosto cheio de espinha que nem o seu. Que tinha dezoito anos. Tou falando sério, filho. Parece que eu deitei e quando acordei tava assim, um velho fodido, sem ter onde cair morto. Sei que você não gosta da vida que leva, filho, passando vontade de um monte de coisa, mas eu te dei uma coisa que vale mais que ouro. – disse o velho, encarando o filho e emudecendo por um instante para valorizar a última sentença. – Te dei essa garra, filho. Com isso tu vai longe. Mas não se envergonha de começar de baixo. Se tu pegar todo trocadinho e meter o carro na frente dos bois, dá com os burros nágua. Guarda teus trocadinhos. Faz uma poupancinha. Guarda por uns anos... faz uma faculdade, depois, com conhecimento e dinheiro, aí eu acredito que tu possa realizar o que quiser. Cê tem cabeça, filho. Eu morro de orgulho dos seus planos, mas quando eu critico é porque sei que não vai dar em nada, você vai com sede ao pote, confia em todo mundo... confia na sorte, quebra a cara. Escuta teu velho. Eu já vivi a vida, menino. Sei que não posso te comprar uma roupa bacana, sei que cê tem vergonha de andar nesse meu poisé remendado... mas é a vida que eu tenho, filho. Cê acha que eu também não tentei as coisas quando era mais moço? Não consegui, fazer o quê. Tinha que botar comida na mesa, leite na tua mamadeira... deixei pra lá e arrumei um emprego. Pobre é assim, filho. Realista.

– Que é isso, pai. – redargüiu Ismael, sinceramente comovido. Jamais sonhara que o pai lhe falaria daquele jeito. No passado, não dera chance de ele abrir o peito, ferira-o antes que lhe falasse das coisas da vida.

–Não, filho, eu sei. Não precisa interfirir. Sei que você queria uma casa bacana, com piscina, para trazer os amigos aqui. Eu sou um velho burro, não li livro que nem você leu, filho, eu tinha que ralar muito pra pôr comida no prato da minha mãe e quando pensei que ia ter uma folga, veio você e tua irmã. É duro alimentar mulher e filhos, a gente não pode ficar arriscando em jogadas, a gente tem que jogar o jogo que está na nossa frente. Pôr comida no prato. Sem formosura, sem sonho. Eu também queria ter o meu negocinho. Poxa vida, quem não quer ser dono do nariz? – perguntou o velho, erguendo os ombros e estendendo as palmas das mãos na direção do filho.

– Cê tá certo, pai. Desculpa esse seu filho metido a besta, seu Elias.

– Não, não precisa se desculpar, filho. Sei que tua cabeça é boa. Sei que um dia você vai ser gente grande, filho. Vai ser mais maduro. Agora você é muito moleque para entender essas coisas.

– Poxa, pai. O senhor nunca me disse isso, pensei que não acreditasse em mim.

– Acredito, filho. Acredito. Tanto que vou deixar até um presente.

Ismael ergueu os olhos para o pai,que caminhava para a cozinha. Voltou a olhar para o velho Corcel. Ouviu um barulho ligeiro, uma coisa pesada caindo no chão de barro batido. Notou um parafuso rolando debaixo do carro e indo encostando na parede. Um parafuso grosso e pesado. De que parte seria? Do motor? Do freio? Um frio na barriga. Só agora lembrava que aquele também seria o último dia de vida do pai. Que no dia seguinte aquele Corcel perderia o controle e daria contra um ônibus de linha. O pai morreria, matando mais duas pessoas. Ismael sentiu a respiração pesar. Arqueou o corpo próximo ao parafuso. Apoiou-se na parede. Ouviu os passos do pai que voltava. Lembrou-se de dona Irene explicando que não podia trazer de volta quem já tinha ido. Agora sabia o que aquilo significava. Não poderia alertar o pai sobre o parafuso. Mas se não alertasse, o pai morreria...

– Olha filho, vou te mostrar uma coisa.

Ismael viu o pai trazendo uma latinha de cerveja. Uma lata vazia, de uma coleção estranha que tentava organizar. Latas de cerveja do mundo todo. Latas antigas, de ferro, não as de alumínio.

Os amigos do velho sempre apareciam com uma nova, aumentando a coleção, aumentando a bagunça na cozinha do seu Elias, sem espaço para enfiar tanta latinha.

Seu Elias puxou com dificuldade, pinçando com os dedos, um papel enrolado e guardando na lata de cerveja italiana.

– O que é isso, pai?

– É um presente, filho, um presente para o seu futuro.

Ismael ainda respirava descompassadamente. Devido a emoção do momento, pensou até em quebrar a regra e falar pro pai sobre o parafuso caído, mas assim que tomou essa decisão foi obrigado a recuar mais uma vez. Percebeu que a luz do sol que invadia a garagem ganhava um espectro azulado... azulado como o emitido pela lâmpada do quarto da estranha casa amarela. Certamente, se levasse a cabo, seria tragado dali antes que pudesse dar o alerta e jamais terminaria aquele contato com o pai. Jamais descobriria que presente era aquele que o pai lhe reservara do qual nunca soubera.

O velho desenrolava o papel com zelo e cerimônia, como se lidasse com uma folha de ouro.

– Isso, filho, são ações.

– Ações? Pra mim?

O velho olhou para ele e aquiesceu.

Ismael estava com os olhos marejados. Sabia que deveria ter custado um esforço fenomenal do pobre pai.

– Quando comprei o telefone aqui pra casa, para sua mãe, me deram esse comprovante. Aqui diz que eu tenho ações da empresa telefônica. Plano de expansão. Eu não entendo muita coisa disso, mas um amigo meu, lá do trabalho, me falou que isso é meio uma loteria. Se um dia a empresa se valoriza, esse papelzinho terá peso de ouro. Disse que pode levar um tempão, mas um dia eu posso até comprar meu carro zero com isso aqui. – disse o homem com os olhos brilhantes, mas no mesmo instante o brilho desapareceu, e o olhar voltou-se para o filho. – Mas seu pai já tá velho para ter essa coisa de querer carro zero, pra mim tá bom esse velho companheiro, que nunca me deixa na mão. – completou descendo o capô e batendo na lataria do carro. – Esse papel é para você, filho, para você depois que eu morrer. É só esperar, se meu amigo estiver certo, um dia isso vai valer muito e você pode começar o seu negocinho. Montar um escritório de advogado, uma contabilidade... cê tem cabeça, filho, leva jeito pra isso. Mas espera. Não vai usar esse dinheiro de qualquer modo. Primeiro estuda, depois investe.

Ismael estava com os olhos vermelhos. Nunca recebera tamanha demonstração de carinho por parte do pai. Pensava que ele nem ligava para o seu futuro, mas isso caía por terra. O pai pensava nele. Preocupava-se com ele. Ismael deixou as lágrimas escorrerem. Abraçou o pai forte e beijou-o na face, agradecido.

– Que é isso, filho? Toma jeito de homem! Homem não chora e nem fica dando beijinho em macho.

Ismael riu e soltou o pai, olhando o nos olhos por um tempo.

– Senta aí, filho, senta aí que a gente tem que comemorar.

O pai sumiu na cozinha de novo. Ismael ouviu barulho de vidro. Viu seu Elias surgir na garagem com uma sacola de feira e dois cascos de vidro marrom no interior.

– Vou na venda do Tadeu buscar uma cervejinha. A gente tem que comemorar, né, filho?

– É, pai. Deixa que eu vou pro senhor.

– Não, filho. Fica sentado aí. Eu vou num pé e volto no outro.

Ismael continuou sentado no banco improvisado de madeira.

Seu Elias parou no portão antes de fechá-lo e reteve-se fitando longamente o filho, os olhos brilhantes, a boca sem palavras, sem conseguir desviar o olhar.

Ismael quieto por um instante, retribuiu o olhar carinhoso. Era como naquela troca descobrisse um novo pai. Quanto tempo tinham perdido? Uma única conversa amena e tanto carinho e respeito mútuo. Poderiam ter sido muito mais amigos. Muito mais companheiros. Muito mais felizes. No entanto o pai era um durão, fechado, não sabia deixar as coisas escaparem do peito para a garganta. Por sua vez, Ismael sempre fora arrogante demais e descontente demais com a situação para entabular conversas amigáveis com o velho. Achava-se superior. Porém, depois de passado os últimos instantes, passava a se achar um perfeito idiota. Tinha uma preciosidade parada ali diante dos olhos. Um pai. Um tesouro.

– Que foi, pai? – perguntou Ismael, rompendo o silêncio mágico.

O velho Elias pigarreou e secou um dos olhos antes de falar.

– Sabe, filho, eu tô muito contente de tu ter aparecido pra essa conversa. Acho que a gente tava precisando desabafar. Tirar esse bolo de dentro do peito. A gente precisava se conhecer melhor... Sabe, filho, pode passar o tempo que for, mas quando acontece uma coisa dessas... – o velho fez uma pausa com a voz embargada, balançou o portão de madeira. – a gente não fica em paz enquanto não resolve. A gente vê os outros sofrendo, morrendo aos poucos... a gente não segue em paz, cê tá me entendendo? A gente não segue em paz. Eu sempre precisei te dizer essas coisas, filhão, sempre. Eu sou quietão, mas o pai te ama muito. O pai te ama e sempre vai te amar, não importa o que aconteça amanhã.

– Eu sei, pai. Eu sei que você me ama. Eu também te amo pra caramba, pai. – respondeu

Ismael, muito emocionado com o desabafo do pai.

O velho Elias sorriu e agitou a sacola, fazendo as garrafas tilintarem.

– Agora eu preciso ir... – soergueu a sacola num gesto obsequioso – .... buscar as cervejas. Preciso buscar as cervejas. – repetiu, como quem tem vontade de ficar.

Seu Elias fechou o portão e desapareceu debaixo do sol que banhava a rua do lado de fora.

Ismael recostou-se à parede. Será que o pai suspeitava do que se passava ali, de que aquilo era um novo encontro? Seria possível? Ismael fechou os olhos, esperando pelo pai. Duas lágrimas desceram na escuridão das pálpebras fechadas. Sabia que poderia esperar o quanto quisesse. O pai jamais voltaria. Sabia que quando abrisse os olhos, não estaria mais ali, naquela garagem suja, naquela casa pobre. Quando abrisse os olhos estaria em outra casa. Em outro assento. Manteve os olhos fechados, recuperando o controle das emoções. Os olhos pesados. A mente cansada. O tilintar das garrafas de vidro ecoando em seu ouvido. Escuridão. Alívio. Um arrepio percorrendo seu corpo. A sensação do coração descarregando um peso ruim. Uma coisa inútil indo embora. Paz. Alívio. Finalmente encontrara o que viera buscar. Seu coração estava limpo.

Capítulo 21

Hélio

Hélio

Hélio olhou para o fundo da xícara. Estava vazia. O gosto doce ainda recendia em sua boca. Estava sozinho na sala de ladrilhos. Sentia vergonha em admitir, mas estava com medo de cruzar a porta. O que havia ali? Por que a primeira mulher tardava em sair? E quanto a dona da casa... onde estaria ela? Não ouvia barulhos. Devia estar há mais de dez minutos dentro da sala. Leonora fora a segunda a entrar. Cruzara a porta ao lado da que se reservava a ele. Hélio trocara um olhar rápido com o homem na cadeira a suas costas. Os dois ainda demoraram bebericando o chá. Então, o homem se fora, deixando-o sozinho. Dona Irene não aparecera mais. A casa parecia assombrada de tão quieta. A ele restava levantar-se e cruzar a bendita porta ou se pôr dali para fora, voltar para a chuva. Voltar para o Escort. Para o revólver no banco de passageiro. Hélio colocou-se de pé, encarando a porta. Estava ali por uma razão. Não fora o acaso que colocara o cartão em suas mãos. Decididamente não queria o confronto com o revólver calibre trinta e oito. O cartão surgira para isso. Para apresentar uma alternativa. Para um confronto diferente. Fitou a porta a sua frente. Qual fantasma se escondia ali? Só podia se tratar disso... um fantasma. Uma alma penada. Mariana? Fora até ali para buscar alívio. E só um personagem o atormentava. A figura dele mesmo refletida no fundo da xícara... O homem duro e insensível que transformara a vida de uma menina problemática numa cruz ainda mais difícil de carregar. Ao invés de tê-la amparado e a apoiado a fim de torná-la a atleta que a menina sempre sonhara em ser, tinha feito o oposto. Suas palavras só serviam para desencorajar. Suas palavras só chegavam aos ouvidos da pequena para ofender e culpar. Com sua ajuda, com seu amor, talvez Mariana tivesse vencido uma prova ou duas e chegado muito mais feliz ao final de sua vida.

Hélio andou até a porta. Parou junto dela. Pôs a mão sobre a madeira fria. Foi como se um vento gelado entrasse pela roupa, contraindo a pele. Afastou a mão assustado. Respirou fundo. Enfrentaria seus demônios. Enfrentaria seus medos. Buscaria alívio. Segurou firme na maçaneta. Girou. Empurrou suavemente a porta, abrindo uma pequena fresta. O vento cantou, levando ar para dentro da sala, como se ela estivesse selada há anos e o vácuo urgisse em ser preenchido, silvando. O medo fez com que o homem perdesse o controle da respiração. Um suor frio brotou-lhe na testa. O quarto escuro. O coração acelerado. A penumbra permitia que ele visse um interruptor do outro lado. Teria que entrar e cruzar a sala para acioná-lo. Soltou a porta. Ao primeiro passo ouviu o ranger das dobradiças e o fio de luz desaparecendo. A porta fechou-se. Escuro. Andou em linha reta. Em direção ao interruptor. Tropeçou em alguma coisa. Um baque surdo. Dor no joelho. Tocou a parede. Respiração entrecortada. Finalmente alcançou o interruptor. A luz acendeu. Uma luz azul. Fraca. Mal podia ver as paredes direito. Logo abaixo da lâmpada azul, uma cadeira caída. Passou a mão no joelho dolorido. Foi mancando até a cadeira e a ergueu. Deveria sentar. Era isso. Sentar e esperar. Ergueu a peça pesada. Estava cansado. Três noites mal dormidas. Três noites assombradas. Aquele chá dava sono. Sentou-se. Recostou-se. Até que era bem confortável a cadeira.

Hélio aguardava em silêncio. O quarto parecia ter isolamento acústico. Nem o som da chuva entrava. Hélio recostou a cabeça na cadeira, deixando o rosto erguido. Fechou os olhos por causa da luz azul. Sentiu um calafrio súbito. Sentiu alguém tocando sua testa. Recompôs-se com rapidez, olhando ao redor. Coração disparado. Ninguém. Ninguém ali para tocar-lhe a testa. Aos poucos foi relaxando e retomando a posição confortável, despojada. Estava com sono. Se a espera fosse demorada, talvez acabasse cochilando, dormindo. Fechou os olhos, protegendo-os da luz branda, porém incômoda. A respiração voltou ao normal. O medo desapareceu. O gosto do chá estava bem mais ameno em sua língua áspera e a quentura que o líquido deixara na barriga havia praticamente deixado de existir. Conforto. Paz. Nada incomodando sua mente. Restava esperar. Esperar. Hélio teve a impressão de perder o controle sobre os músculos, pois parecia afundar no mar da inconsciência. Queria erguer a cabeça, mas não podia. Não era atendido. Era como se estivesse anestesiado. Ouviu sussurros. Gente sussurrando em volta. *"Não é a piscina",* disse uma voz murmurante. Hélio tentou abrir os olhos, mas não conseguiu. Pânico. De que diabos de piscina a voz falava? Mais vozes. Mais frases perdidas. Podia ouvir: *"Ela queria ser campeã." "Ela precisa dele em outro lugar."* Hélio perdeu o controle da respiração. Os olhos não obedeciam o seu comando. O coração pulava no peito. Estava com medo. De quem eram aquelas vozes? *"Chamando doutor Wílson, centro cirúrgico. Chamando doutor Wílson."* – chamava a voz murmurante. Não conseguia se mexer. Que vozes eram aquelas?! Sabia que não tinha ninguém ali, então de onde vinham as vozes?! Empregou toda sua força. Sentiu o músculo voltar a obedecer, de repente. Pôs tanta vontade que quando ergueu a cabeça quase caiu do assento. A luz azul tinha desaparecido. Hélio ficou paralisado naquela posição. O tronco projetado todo para frente, quase escapando do assento. Duas ou três pessoas olhando para sua cara. O coração do homem ainda disparado. Onde estava? Que lugar era aquele? Pessoas vestindo branco. Olhou para a mão, que começava a tremer. Balançou o braço. As pessoas pareciam se esquecer dele, desviando o olhar. Hélio comprimiu as costas contra o estofado macio no qual se encontrava sentado. Um sofá caro. Olhou ao redor. De onde tinha vindo aquela gente? Não conhecia aquelas pessoas. Não conhecia aquele lugar. Gente sorrindo. Uma sala ao lado com as luzes apagadas. Uma mulher com máscara cirúrgica e roupa verde passou apressada, atravessando uma porta dupla de vai-e-vem. Naquela hora Hélio sentiu um embrulho no estômago. Estava errado. Conhecia o lugar. Estava num hospital. Mais precisamente, numa maternidade. O que estava fazendo ali? Passou a mão no cabelo. O coração ainda pulsando ligeiro. Como tinha chegado ali? Estaria sonhando? Não. Alguma coisa lhe dizia que não estava sonhando. Ouviu choro de crianças. Bebês. Bebês recém-nascidos. Hélio engoliu em seco. Não era possível. Conhecia a maternidade. Por que estava ali, santo Deus?! Levantou-se, andou até o meio da sala. Viu através de uma porta um saguão. Voltou a olhar para a porta dupla por onde a mulher vestida com roupas cirúrgicas havia passado. Sabia que ali era o berçário. Um berçário grande, com uma janela de vidro ampla para que os pais admirassem os recém-nascidos. Admirassem ou... rejeitassem. Hélio passou a mão repetidamente pelo rosto.Não era possível, repetiu-se, lançando um olhar para o sofá onde abrira os olhos. Estava numa casa havia pouco. Aquele sofá havia sido uma cadeira dentro da casa instantes atrás. Uma casa amarela. Não tinha entrado numa maternidade. De jeito nenhum. Como? Nova lembrança o assombrou a ponto de fazer os pêlos do corpo eriçarem. Não poderia estar ali, simplesmente porque a maternidade não existia mais. Tinha sido demolida. O que havia no terreno era um imenso hipermercado. Não poderia estar ali. A mão ainda tremia. Afastou-se do berçário, em direção ao saguão. As pessoas vestindo roupas cafonas, como se tivessem voltado aos anos oitenta. Hélio avançava. Atarantado, o olhar perdido vagando pelas coisas e pelas pessoas. Quase bateu contra o balcão da recepção. Estava tonto.

– Pois não, senhor.

Hélio olhou para a recepcionista. A garganta seca. Os olhos dançando sobre as coisas.

– O senhor está bem?

Hélio aquiesceu.

– Posso ajudar?

– Aqui é a maternidade Santa Esperança?

– É sim, senhor.

– Da rua Vitória?

– É. O senhor está no lugar certo.

Hélio colocou a mão na boca, deslumbrado.

– Tem alguma conhecida internada aqui, senhor? Esposa? Irmã?

Hélio negou, balançando a cabeça. Virou-se no sentido da sala de onde viera. Tinha que voltar. Só podia ser um sonho. Aquela maternidade tinha sido demolida. Parou, hesitante. Voltou a olhar para a recepcionista, que continuava a observá-lo. Retornou, constrangido.

– Desculpe esse meu jeito. – começou. – É que eu não sou daqui... acho que não deveria estar aqui... – Hélio coçou a cabeça e olhou demoradamente ao redor, sob as sobrancelhas arqueadas da recepcionista. – Você tem um livro de registro aí, não tem?

A mulher assentiu.

– Pode ver se uma Vilma deu entrada hoje?

– Claro, senhor.

Hélio estalou os dedos, nervoso. Distraidamente comprimiu a língua entre os dentes. Outro arrepio cruzou-lhe o corpo. Estava com a testa e as mãos geladas. A língua doendo. A língua áspera por causa da queimadura provocada pela ingestão do chá ainda muito quente. A língua doendo e ele ali, preso num cenário do passado.

Não estava sonhando. A queimadura na língua era prova contundente de que "realmente" estava ali, naquele lugar, naquele dia, naquela mesma chuva. Em sonho, a gente não lembra nem simula coisas como uma queimadura na língua. Estava zonzo, e a voz da recepcionista contribuiu para aumentar a palidez do rosto.

– Temos uma Vilma, sim, senhor. Deu entrada às 14 horas.

Hélio sentiu as pernas fraquejarem. Sua Vilma tinha chegado à tarde ao hospital. Ele a levara. Ele se lembrava. Não podia precisar a hora, mas fora depois do almoço, nem voltara para o trabalho, aguardando o parto. A menina nascera à noite. Chovendo. Às oito e vinte da noite. Disso ele se lembrava.

– Vilma Maria de Souza?

A mulher tornou ao papel.

– Isso mesmo, senhor. Vilma Maria de Souza.

Hélio moveu a boca, mas as palavras não saíram. Tremia.

– É parente dela?

Hélio assentiu, só mexendo a cabeça. Tirou o cabelo da testa. Precisava sentar ou cairia desmaiado no meio do saguão.

– Não se preocupe, senhor. As pessoas ficam meio bobas mesmo com o nascimento dos filhos. Tome uma água. Vai fazer bem. Tem um bebedouro a sua direita.

Hélio concordou mais uma vez e deu as costas ao balcão, de volta ao salão que deixara instantes atrás. Pôs a mão no peito e virou-se para uma última pergunta.

– Dona... desculpe, mas que horas são?

– Oito e vinte, moço.

Hélio tentou um sorriso de agradecimento e retomou o caminho. De novo no salão, os olhos foram direto para o sofá em couro branco onde "surgira" sentado. A calça jeans ainda estava um pouco úmida por causa da chuva recente. Não restavam dúvidas de que realmente estava ali e que poucos minutos atrás estivera numa casa... numa casa mágica.

Bateu os olhos no pulso. Sentiu-se um palhaço. Tinha perguntado as horas mas estava com o relógio. Oito e vinte. A hora em que a filha nascera. Ergueu os olhos para a outra ponta do salão. Dois sujeitos que tinha a impressão de conhecer. Dois sujeitos cruzando a porta dupla de vai-e-vem. Por um breve segundo, pôde entrever pessoas debruçadas de fronte a uma larga vitrine. Bebês nos leitos pequeninos. O berçário. Seu coração disparou. Sua menina estava chegando. Era a hora. Aproximou-se lentamente, sem despregar os olhos da porta vai-e-vem, com medo de chegar muito rápido e estragar tudo. O medo dava lugar ansiedade. Pousou a mão na porta e empurrou-a. Vozes e alegria. Sorrisos e felicidade. Pais comentando felizes a chegada dos filhos. Sussurros. Cuidado. Um homem entrando esbarrou nele jogando-o para dentro da saleta. Hélio recostou-se ao fundo, constrangido. Considerava-se um monstro, não um irmão dos homens que ficavam felizes com suas crias. Não estava ao nível deles, não era semelhante. Tinha que ficar atrás. Afastado. Com medo de contaminar os outros com seu egoísmo e insensibilidade. Pensando nessas coisas, terminou com os olhos cheios dágua. Estava ali em busca de perdão. Estava ali em busca de redenção. Em busca de alívio para o coração sofrido. Para isso fora à casa. Para isso tomara chuva e abandonara a arma. Abaixou a cabeça e apertou os olhos. Quando decidira entrar naquela casa, jamais sonhara ter essa nova chance. Sabia que estava ali para algo muito maior. Tanto para salvar sua alma quanto a alma da filha Mariana. Levantou os olhos e virou-se, encarando a grande abertura na parede, com um vidro grosso separando a saleta do berçário, olhando para os bebês. O leito imediatamente a sua frente ainda estava vazio. Mariana seria colocada ali. Estava ansioso por vê-la mais uma vez. Seu bebê. Queria que tudo fosse diferente para ela dessa vez. Uma enfermeira cruzou a porta interna do berçário trazendo um bebê enrolado num lençol verde. De onde estava, Hélio percebeu que limpavam a criaturinha. Então, vieram em sua direção. Colocando o bebê na caminha aquecida para recém-nascidos logo a sua frente. Era uma menininha. A menor entre todos os outros bebês. Era uma gracinha. Hélio sorriu, reconhecendo nos traços ainda inchados, devido ao parto recente o rosto da filha. As linhas eram aquelas, mas se alongariam com o passar dos meses, ficando com a face semelhante à da mãe. Os olhos eram idênticos aos do pai. Hélio sorriu. Não se lembrava de ter percebido isso no nascimento da menina ou em toda sua vida. Sempre rejeitara qualquer semelhança, mas naquele momento buscava algo que lhe confirmasse que aquela era a sua filha. Ficou observando através do vidro, perdendo a noção do tempo. Tinha os seus olhos. Hélio, respirando emocionado, nem percebeu o homem se aproximando.

– Essa é a sua menina? – perguntou ele, um sujeito de cabelos grisalhos e óculos de armação grossa, com um sorriso largo e olhos fixos na criaturinha chorosa no minileito do berçário.

Hélio sentiu um novo arrepio percorrendo-lhe o corpo. Aquele homem... Nunca se esquecera dele. Era um dos fantasmas que habitavam seus sonhos. Hélio olhou para a filha no leito. Um bebê pequeno, os membros raquíticos. Enxugou as lágrimas e olhou para o homem com um sorriso.

– Essa é a minha filha. Ela é linda. É a mais bonita do berçário.

Ele olhou para a menina e se voltou para Hélio.

– O senhor tem toda a razão. Ela é a mais bonita.

Outros pais vieram também congratular. Hélio, diferente do passado, recebia todos com um sorriso. Estava misturado a eles. Era um deles. Era um papai.

Depois de algumas horas, uma das enfermeiras enrolou a pequena Mariana e a retirou do berçário. Hélio suspirou fundo, olhando para a mulher que se afastava com a filha. Sentiu-se triste por esse novo encontro resumir-se a isso. Uma observação. Com um vidro espesso separando os dois. Ficou parado ali alguns minutos. Não podia ter terminado. Para onde a filha fora levada? Encontrou uma campainha. Logo uma enfermeira atendeu. Precisou dar o nome de Vilma para identificarem a pequena.

Em poucos instantes, a enfermeira retornou pesarosa.

– Olha, um pediatra vai conversar amanhã com o senhor e sua esposa. Sua filha precisou ser encaminhada para a U.T.I neonatal. Ela precisa ficar lá por enquanto.

Hélio não pediu explicações. Sabia exatamente qual era o problema da filha. Sabia que ela não estava bem.

– Poxa, moça, mas não dá para eu ficar um pouquinho com ela? Pegá-la no colo um instantinho. Eu vou fazer uma viagem longa e me ausentar por um bom tempo. Queria ao menos tê-la segurado no colo uma vez... a gente não sabe o dia de amanhã.

– Os médicos não deixam, senhor. Eles não deixam ninguém ficar com os bebês nas primeiras horas. Ela ainda está em observação. Ela precisa de oxigênio, ficar na incubadora.

– Só um pouquinho, eu juro. Vou viajar e não volto a vê-la. Explica para o médico que eu sou o pai. Que eu tenho direito. Explica que eu vou viajar, e pode acontecer de eu não encontrar mais minha filhinha.

– Senhor, eu posso até tentar, mas a doutora que está de plantão hoje... justamente ela é a chefe da U.T.I., ela é a mais exigente, a mais cricri... ela não vai deixar e ainda vai me passar um pito só por perguntar, o senhor sabe como os médicos são, não sabe?

Hélio não se deu por vencido e após muita insistência a enfermeira foi ter com a pediatra. Hélio não precisou esperar muito até ver a porta se abrindo diante de um olhar surpreso da enfermeira. Ela sorria.

– Olha, o senhor me desculpe se fui insistente um segundo atrás, mas é que isso não acontece todo dia. A pediatra que está no plantão, como te disse, é uma das mais chatas, por isso achei que nem valeria a pena. – começou a falar atrapalhadamente a enfermeira, enquanto puxava Hélio pelo braço e o conduzia a uma sala imediata ao hall de entrada do berçário.

Hélio se viu numa sala pequena, com um armário de escaninhos, um banco baixo de madeira e um grande cesto plástico repleto de roupa hospitalar suja. A enfermeira lhe providenciava um conjunto de roupas verdes enquanto pedia desculpas e não parava de falar e gesticular.

– O senhor devia ter-me dito que era amigo da médica.

Antes que Hélio pudesse negar, a enfermeira continuou.

– O nome da sua menina vai ser Mariana, não é?

– É. Como você sabe?

– A médica disse que se fosse o pai da Mariana, podia entrar e segurá-la no colo um pouquinho, porque o senhor tinha vindo aqui só para isso. Que a Mariana precisava do senhor.

Hélio engoliu em seco, tentando manter um sorriso no rosto.

– Não encoste em nada. Não tire essa máscara enquanto estiver na UTI.

Ele seguiu a enfermeira pelo berçário, cruzando duas portas e duas salas até chegar à UTI neonatal. A mulher lhe indicou uma cadeira. Em seguida foi até uma espécie de câmara e, com cuidado, apanhou sua filhinha. Enrolou-a num lençol e trouxe-a.

À medida que a enfermeira se aproximava, o coração de Hélio batia mais rápido. Quem sabe fosse a primeira vez na vida que quisesse mesmo segurar a menina no colo. A filha. Mariana.

A enfermeira depositou o bebê quase sem

peso nos braços magros do pai. O homem estava chorando.

– Minha filha! – exclamou emocionado.

Hélio levou um tempo para acalmar-se. Os olhos percorriam o corpinho do bebê adormecido. Era tão pequenininha! Como não percebera antes o quão valiosa e graciosa fora sua filha? Por que tinha sido tão idiota? Merecera cada instante de agonia em que afundara sua vida nos últimos anos. Que culpa tinha aquele serzinho recém-nascido? Nenhuma. Ele fora um completo idiota. Beijou-a através da máscara cirúrgica. Ficou abraçado a ela. A enfermeira tinha dito que seria só um minuto, mas parecia uma eternidade. Como era bom ter a filha nos braços!

Hélio percebeu quando uma lágrima desprendeu-se e bateu no rostinho da menina sem que ela esboçasse reação alguma. Apressou-se em enxugar a gota que escorria pela face da filha. Abaixou até tocar a máscara no ouvido do bebê.

– Eu te amo, filha. Eu te amo muito. Me perdoa, tá? Perdoa o papai. O papai é um tonto, mas um tonto que te ama muito, filhinha.

A enfermeira retornou e pediu o bebê. Hélio entregou sem querer entregar. Pediu para ficar só mais um pouco junto dela.

Vendo as lágrimas descendo no rosto do homem, ela puxou a cadeira para perto da câmara, explicando que no colo ela não podia ficar mais. Hélio entendeu, contente em ao menos permanecer mais um pouco ao lado de Mariana. Ajeitou-se na cadeira admirando sua querida filha. Estava feliz em poder reviver aquele momento. E vivê-lo da forma certa. Desejou que todas as pessoas no mundo tivessem aquela oportunidade. A oportunidade de uma segunda chance.

O tempo passou, e os olhos de Hélio pesaram. Sem que percebesse, ele adormeceu ao lado de Mariana.

Capítulo 22

A Volta

A Volta

Quando Rosana abriu os olhos, estava novamente no cômodo da casa banhado pela luz azul da lâmpada fraca. Um cheiro de pó chegou ao nariz. O chão de taco estalava conforme se movia na cadeira. Não teve pressa. Só sentia tranqüilidade. Tinha vivido um milagre. Era isso que importava. Levantou-se e deu três passos até a porta. A paz retinia dentro do peito. Estendeu a mão diante dos olhos. Mesmo com a iluminação precária, teve certeza de que a mão não tremia mais. Estava calma. Contente. Tapou a boca e o nariz com as mãos. Respirou prolongadamente, escondendo entre os dedos um sorriso. Girou a maçaneta, e a luz vinda da sala principal incomodou seus olhos. Rosana esperou um segundo para que se acostumasse à claridade até abaixar a mão. Viu do outro lado, também deixando seu respectivo quarto, o homem mais magro e baixo. Estava com um olhar assombrado, perdido... como ela mesma deveria estar. Rosana deixou o quarto, fechando a porta e caminhando para o meio da sala. Lá fora a chuva ainda caía, mas mais amena, ouvindo as gotas baterem na soleira da porta e no jardim. Rosana ainda estava parada no meio da sala, incrédula, quando percebeu mais uma porta se abrindo. A garota de cabelos vermelhos e curtos. Parecia menos espantada, mas a boca cerrada e os olhos serenos mostravam que havia uma energia diferente emanando de Leonora.

Hélio estava com a boca seca e movia os maxilares sem descolar os lábios, como se mascasse um chiclete inexistente. Estava "passado". A cabeça leve. O estômago queimando de faminto. Sentia como se tivesse feito exercícios o dia inteiro sem comer um grão de arroz. Olhou o chão de madeira. Um sorriso brotou nos lábios. Parecia que estava caindo em si. No mundo novamente. O barulho da chuva chegando aos ouvidos. As quatro cadeiras no meio da sala principal. As duas mulheres com ar de zumbis alegres dando passos lentos sobre o piso de tábua. Passou a mão no peito, esfregando a camisa ainda úmida. Nunca se sentira tão bem na vida. Aliviado. Como se não lhe faltasse nada. Tudo no lugar. O coração em paz. Sentiu um calor aconchegante percorrendo o corpo. Estivera com Mariana. Beijara-lhe a mãozinha minúscula. Pressionou os lábios com o dedo indicador e o polegar. Novamente olhava para o nada, pensando, revivendo a experiência. Durou um segundo, mas o suficiente para um novo suspiro e novo olhar sobre as companheiras de experiência. Aquelas mulheres com feições absortas também deveriam ter cruzado alguma fronteira e certamente tinham estado em outro lugar, tinham dado um jeito nas suas coisas, teriam uma história para contar. Todos ali buscavam o mesmo. Hélio ensaiou um sorriso para a garota de cabelos vermelhos.

Ouviram a quarta porta se abrir; o homem alto saiu do quarto. Os olhos baços e avermelhados não deixavam dúvidas de que ele tinha se emocionado muito. Foi recebido com sorrisos pelos confrades.

Ismael também levou um tempo para se acostumar com a claridade. Fitou o salão por um instante, sem nada dizer, engrossando o silêncio voluntário do grupo. Todos sabiam estar vivendo, de alguma forma, um momento mágico... um milagre e ninguém desejava estragar a sensação do outro. Olhou para a mulher do outro lado do salão, a de cabelos loiros, cacheados, ornando a cabeça. Ela também tinha os olhos vermelhos, mas sem a sombra das feições tensas com as quais chegara à casa. Tanto ela quanto os outros dois visitantes pareciam outras pessoas.

Ismael deixou um suspiro prolongado, cheio de sentimento, escapar. Parecia sintetizar naquele gesto o que ia no peito de todos. Foi um suspiro de alívio, de esperança.

Naquele momento, todos se olharam e se aproximaram das cadeiras.

– Eu nunca vou esquecer esse dia. – disse Rosana, quebrando o pesado silêncio.

– Vai ser difícil. – juntou Leon, passando as mãos pelas mangas da blusa, procurando se aquecer.

Os homens deixaram os olhos vagar pelas paredes. A luz parecia mais fraca do que quando chegaram. As paredes pareciam mais escuras.

Rosana lembrou-se das filhas. Tinha deixado as meninas aos prantos e sem explicação. A chave do quarto em seu bolso. Nem comera o bolo de aniversário que as garotas tinham preparado com carinho. A urgência em estar com as filhas cresceu no peito.

– Preciso ir. – disse, percebendo os olhos dos outros convergindo para cima dela. – Onde está a dona Irene? Preciso agradecer.

Leon abraçou Rosana.

– Foi tão bom, né? – disse a garota de cabelos vermelhos, com lágrimas nos olhos.

Os homens pararam lado a lado, gesticulando positivamente com a cabeça. Tinha sido bom para todos. Tinha sido a experiência de uma vida. A chance almejada por uma multidão de sofredores... e já podiam sentir o benefício que tiraram daquele encontro, podiam sentir os ombros mais leves.

– Meu Deus do céu! – desabafou Ismael. – Nem dá para acreditar. Cara, que viagem!

Hélio encarou o homem mais alto, emocionado demais para se expressar em palavras. Estendeu os braços para o desconhecido e abraçou-o por um breve instante.

Leon soltou-se de Rosana e foi em direção à cozinha, atravessando a porta pela qual dona Irene tinha deixado a sala.

Ismael retribuiu o abraço do homem. E daí que não se conheciam? Deus! Que experiência! Todos estavam precisando de um abraço. Assim que soltou o cara, Ismael lembrou-se de Gisela, aguardando-o na Pajero, do outro lado da rua. Quanto tempo tinha ficado dentro da casa? Estava sem relógio.

– Preciso ir. – disse Hélio.

Os três se olharam mais uma vez. Todos queriam deixar a casa, mas esperavam por dona Irene e a moça de cabelos vermelhos.

Viram Leon surgir na porta, pálida. A garota andou, silenciosa. Notaram que as mãos dela tremiam.

Leon pôs a mão na boca duas vezes antes de falar.

– Não tem ninguém aqui. A cozinha está vazia.

Silêncio.

Rosana quebrou o momento tenso:

– Por que está tão nervosa, Leonora? Essa casa é grande. Ela pode ter subido... talvez para se deitar enquanto nos esperava. Acho que demoramos.

– Mas vocês viram ela vindo da cozinha quando trouxe o chá, não viram?

– Vimos. – confirmou Ismael, mesmo sem ter muita certeza, tentando tranqüilizar a garota.

– Então, vocês vão me desculpar, mas essa casa é assombrada.

– Calma, Leonora. Você acabou de passar por uma experiência forte. Seja o que for que encontrou atrás daquela porta... mexeu com você, mexeu conosco.

– Eu preciso ir embora. – repetiu Hélio, perdido no meio da situação.

– Espera. – disse Ismael. – Deixa a menina se acalmar primeiro.

– Se ela fez o chá nessa cozinha... como vocês me explicam isso? – perguntou Leon, ainda tremendo, apontando para a cozinha.

Ismael aproximou-se da menina, segurando seus braços, tentando fazê-la parar de tremer.

Hélio adiantou-se até a cozinha escura. Acionou o interruptor. A luz não acendeu. Mas o pouco de claridade proveniente da sala principal mostrava um cenário no mínimo contraditório. Uma cozinha suja e empoeirada, como se ninguém entrasse naquele cômodo há anos. Havia um fogão, mas ele não funcionaria sem um bujão de gás. Uma carcomida e ressecada mangueira saía do aparelho, mas ela terminava em nada, solta no ar. Sobre a pia, quatro xícaras enegrecidas pela poeira, que deveriam estar em desuso fazia muito tempo. Teias de aranha no teto. Uma prateleira velha e igualmente empoeirada fixa à parede. Hélio engoliu em seco e voltou para a sala.

Foi a vez de Ismael e Rosana inspecionarem o cômodo.

Os quatro, novamente reunidos na sala principal, trocaram um olhar ligeiro. Mudos. Ninguém se habilitou a procurar pela mulher no andar de cima. A casa escura não convidava a muitos passeios. A sala principal realmente parecia bem mais escura do que quando entraram. Ismael notara os recortes de jornal emoldurados na parede, mas achou melhor não comentar com ninguém; as mulheres ficariam mais assustadas. Tinha lido algo estranho num deles logo após sair da cozinha à espera de Rosana. Tinha a foto de dona Irene segurando a mão da cantora Elis Regina. A manchete dizia: *Elis canta na comemoração de noventa e sete anos da médium Irene Proença.* Se o recorte fosse verdadeiro... e podia jurar que era... dona Irene teria no mínimo cento e dezenove anos... mas a dona Irene, a mesma da foto, não parecia ter tudo isso. A dona Irene que os recebera na casa parecia ter no máximo setenta... talvez fosse filha daquela Irene da foto. Ismael despertou dos pensamentos quando ouviu a voz de Leon chamando.

– Vem, moço. Vai ficar aí, sozinho?

Ismael meneou a cabeça negativamente. Olhou uma última vez para o salão empoeirado.

– Obrigado, dona Irene. – murmurou para a casa vazia antes de virar-se e encostar a porta.

Ismael estava no quintal. A chuva batendo na cabeça. Viu a senhora de cabelos encaracolados correr atravessando a rua com uma folha de jornal na cabeça. O outro homem entrava num Escort estacionado em frente à casa. A menina de cabelo vermelho estava parada no meio do jardim olhando para ele.

Ismael desceu os três degraus de cimento e caminhou em direção ao portão de ferro. Notou que o quintal escurecera. Olhando para a porta semicerrada, percebeu que a luz da sala havia se apagado. Sorriu em silêncio e tornou a olhar para a garota parada na chuva.

– Você quer carona?

A garota aquiesceu.

– Corre. Meu carro tá do outro lado da rua.

Leon, colocando o baixo no ombro, acompanhou o homem. Viu a luxuosa pick-up estacionada do outro lado. Por causa dos vidros embaçados, concluiu que tinha alguém dentro.

Ismael abriu a porta para ela. Leon ficou um pouco sem jeito. A roupa molhada ia estragar o estofamento.

– Não se preocupa com a água. Eu também tô molhado. – adiantou o novo amigo.

Leon ficou mais à vontade.

Ela sentou-se no banco de motorista diante do olhar curioso de Gisela.

– Como é o seu nome mesmo, menina? – perguntou, batendo a porta.

– Leon.

– Prazer, Leon. Meu nome é Ismael. – disse o homem, virando e estendendo a mão para a garota.

– Gisela, essa é a Leon. Ela estava na casa comigo e mais dois. Leon, essa é Gisela, minha namorada.

– O aconteceu lá dentro? Eu estava super preocupada, mas sua cara está ótima!

Ismael deu partida e saiu com o veículo.

– Você não vai acreditar, Gisela. Você não vai acreditar.

Capítulo 23

A caminho de casa, Ismael descobriu que o instrumento que Leon carregava não era de enfeite. A garota era uma baixista desempregada. Como Leon não tinha onde ficar na cidade, tornou-se hóspede e a mais recente contratada de Ismael.

Na manhã seguinte, ele acordou cedo, mas não foi correndo para o trabalho. Passou pelo escritório doméstico e não ligou o computador. Saiu para o jardim da casa, espiando a luz do sol batendo no gramado. Quantas vezes tinha feito aquilo desde que se mudara? Uma ou duas no máximo. Gisela e Leon dormiam quando ele entrou na Pajero e deixou a propriedade.

Duas horas e meia depois, Ismael chegava à cidade onde crescera sob os cuidados do pai. A mãe morrera quando ele ainda era garoto, e o pai se fora quando tinha dezoito anos. Ismael só aparecera naquele lugar uma única vez após deixá-lo. Quando foi obrigado a recuperar um documento. A casa pobre do pai ficara com uma tia. Ele tentou vendê-la mas o imóvel não tinha documentação alguma, o que dificultava a transação. Teria que se desfazer da casa por preço de banana. Preferiu a caridade. Deixou a propriedade com uma tia que não tinha onde morar, que antes vivia de favor na casa de uma irmã de igreja.

Ismael olhou para a velha residência, com a frente no reboco, sem nunca ter recebido o prometido acabamento. Ismael sempre olhara para aquele cenário e tudo o que sentia era angústia e desejo desesperado de lutar para sair dali, mas naquele dia o olhar demorou mais no antigo portão de madeira e nas paredes rachadas. Dessa vez sentia apenas certa nostalgia. Fora ali, naquele quintal ainda de barro batido, que vira o pai pela última vez, que conversara amistosamente com o pai pela última vez. Tirou a corrente do portão e chamou pela tia. Atravessou as tábuas e viu um amontoado de coisas na garagem. Na parede, as ferramentas remanescentes jaziam enferrujadas, penduradas no painel montado pelo velho. Ouviu barulho dentro da casa, e a tia apareceu. Demorou um segundo para reconhecê-lo, então abriu um sorriso para receber o sobrinho. Ismael conversou uns instantes e perguntou sobre o que fora feito das coisas do pai. A mulher revelou que esperara uns cinco anos para ver se ele aparecia para reclamar algo, então se desfizera de tudo. Ismael na certa deixou transparecer seu aborrecimento, pois a tia perguntou o que ele procurava. Falou da coleção de latas de cerveja. A tia saiu do umbral da porta e foi para a garagem revirar as caixas. Estendeu vitoriosa para o sobrinho uma lata desbotada e enferrujada. A coleção ela tinha guardado. Ismael abriu um sorriso franco e agachou-se ao lado da tia, vasculhando as caixas. Demorou até encontrar a lata italiana que tinha visto na mão do pai no encontro recente. As latas estavam desbotadas a maioria enferrujada. Talvez nem mesmo encontrasse o tesouro encerrado na lata tantos anos depois. Talvez, mesmo que encontrasse, o papel já estivesse corroído e imprestável. Mas surpreendeu-se quando pôs as mãos no vasilhame italiano. Olhou pelo buraco. Pinçou o documento com cuidado. Estava ligeiramente amarelado e danificado nas dobras, mas talvez ainda valesse alguma coisa. A herança que o pai lhe deixara. Devia esse cuidado ao velho. Segurou o papel como um tesouro e colocou-o com cuidado no bolso da camisa. Agradeceu a tia e a deixou com a promessa de uma visita em breve.

Ismael ficou surpreso com o valor obtido com as ações. Gostaria que o pai estivesse vivo para ver. Não queria o dinheiro para ele próprio. Em alguns dias, o valor seria liberado pela companhia telefônica e então ele usaria o dinheiro para realizar o sonho do pai. Iria direto do banco a uma concessionária e compraria um veículo zero quilômetro. Levaria o carro para a velha garagem de barro batido e o deixaria lá, como um presente ao pai, o carro que ele nunca conseguira ter. O restante do dinheiro seria dividido entre a tia e um lar de velhinhos que ficava no mesmo bairro.

Capítulo 24

Naquela noite inesquecível, Hélio tinha sido o primeiro a atravessar o jardim e a deixar a casa. Sentou em seu Escort e ficou em silêncio por um momento. A chuva batendo suavemente no capô. Um relâmpago clareou o céu. Hélio guardou a arma no porta-luvas. Olhou para o imóvel. Que casa estranha! Que dia estranho! Passou os dedos sobre a têmpora. Sentia como se lhe faltasse alguma coisa. Como se tivesse perdido algo. Faltava-lhe a culpa... e isso era bom. Ligou o carro olhando para o homem que descia os degraus, deixando a porta semicerrada. Admirou-se quando notou a luz da casa apagar-se fantasmagoricamente. Aquele lugar era assombrado. Parecia uma casa abandonada, sem o viço que encontrara quando chegou. Era um lugar habitado por almas e portais mágicos. Um lugar abençoado, que permitia cura aos corações atormentados. Hélio deu partida no motor. Parou o carro quando passava pela mulher de cabelos loiros chacheados, que tentava se proteger debaixo de uma frágil folha de jornal. Deu carona para Rosana, com quem teve uma conversa agradável, como de duas pessoas compartilhando um segredo. E de fato o faziam. Quem mais acreditaria na história da casa? Nas sensações? No poder da segunda chance? Ninguém mais. Trocaram telefones para conversar sobre essas coisas quando quisessem. Quando precisassem reafirmar que aquele dia existira de fato e que cada um tivera verdadeiramente um encontro com o passado.

Rosana, tão ansiosa para o reencontro com as filhas, para levar as boas novas, não conseguiu esperar o elevador e subiu os andares pelas escadas. Jamais contaria para as filhas os detalhes do acontecido. Mas contaria que era uma nova mulher, livre dos fantasmas, livre dos tormentos. Seria uma nova mãe. Sem tremores, sem remédios. Estava felicíssima.

Hélio tocou para o seu apartamento. O apartamento vazio, sem a esposa que amava. De Vilma, na residência, havia apenas um jogo de malas com o que restara de seus pertences. A mulher o deixaria para sempre. Mas ao menos seu coração agora estava limpo. Pronto para retomar o controle em sua vida. Livre da necessidade do álcool maldito que só fazia estragar sua cabeça, que verdadeiramente nunca lhe trouxera conforto... apenas instantes de inconsciência, usados para fugir do fantasma de Mariana. Um fantasma que não existia mais. Agora tinha a lembrança reconfortante dele com a filha na maternidade. Sabia que a tinha amado. Pressionou o botão chamando o elevador. Queria um banho quente para se livrar daquela roupa gelada. Um pouco de descanso. Recomeçar.

Hélio girou a chave na fechadura. Abriu o apartamento. A sala estava escura. Desabotoou a camisa e tirou os sapatos e as meias. Tropeçou nas malas de Vilma deixadas na entrada do corredor. Três malas. Hélio ficou parado por quase três minutos, fitando-as, como hipnotizado. Será que seria tarde demais para convencer a mulher ficar? Queria mostrar que era um novo homem. Um homem de coração limpo. Um homem que merecia uma segunda chance. Poderiam tentar mais um filho... Quando ela aparecesse, ele contaria toda a história. A coisa toda a respeito da casa. A levaria lá se fosse necessário. Ficou olhando para as malas até sentir a boca seca demais. Precisava molhar a garganta. Foi até a cozinha. Abriu a torneira e serviu-se de água. Tomou o líquido aos goles, parando e refletindo. Viu uma garrafa de úisque em cima da pia, num canto. Apanhou e desrosqueou a tampa. Entornou a garrafa, deixando o líquido escoar pelo ralo. Não precisava mais daquele veneno. Estava exausto. Precisa de descanso. Depois pensaria mais. Voltou ao corredor tomando cuidado com as malas de Vilma. Andou vagaroso pelo corredor acarpetado. Parou em frente ao quarto de Mariana. Foi impossível não se emocionar. Girou a maçaneta e, meio sem saber o que procurava, entrou. Talvez quisesse matar saudades da menina. Finalmente sabia exatamente porque Vilma mantivera o quarto intocado. Para matar saudades. Adentrou o quarto infantil, pisando suavemente no carpete. Os olhos pesados de sono passavam por cima dos móveis e das coisas da filha, as coisas que Vilma insistia em manter em casa. Prateleiras. Fotos em molduras nas paredes. Prateleiras diferentes... prateleiras que nunca tinha notado antes. Hélio olhou demoradamente para a parede. O coração acelerou. Aquelas prateleiras... não eram daquele jeito. Recuou um passo com o braço estendido, procurando o interruptor. A luz acendeu e feriu seus olhos. Hélio piscou até recuperar a visão. Os olhos ficaram presos à parede. O quarto... o quarto estava diferente de como o havia deixado antes de sair. Estava mudado. A respiração e o coração aceleraram. As prateleiras... ao invés de bichos de pelúcia empoeirados pelo tempo, de bibelôs antigos... as prateleiras estavam cobertas de troféus e medalhas. Hélio sentiu um disparo elétrico percorrer o corpo. Era como se tomasse um choque potente. Os pêlos do corpo eriçados. Estava perplexo diante daqueles objetos inesperados. Aproximou-se de uma das paredes para olhar de perto. Tantas medalhas. Incontáveis troféus. Fotos. Os desenhos de Mariana. Desenhos de criança. Desenhos de uma menina feliz com os pais. Os olhos se encheram de água quando começou a entender. De alguma forma sua visita à maternidade havia afetado o destino da filha. Aquelas fotografias mostravam a ele e Vilma, com a pequena Mariana nos braços, após provas na piscina. Mariana havia se tornado uma campeã em natação. As medalhas comprovavam isso. Os troféus mostravam o resultado do esforço da menina. Ela fora uma garota excepcional. Conquistara tudo o que o pai lhe negara antes da visita. Mostrara que o amor vencia as fronteiras do corpo e da alma. Que o afeto e respeito eram capazes de operar verdadeiros milagres. Hélio não pôde conter a emoção e não pôde segurar as lágrimas, que logo se juntaram a soluços. Estava envergonhado. Livre do tormento, mas envergonhado. Ajoelhou-se e recostou-se à parede, chorando como uma criança. Levantou-se depois de quase dormir naquela posição. Secou o rosto e o nariz, dando uma última olhada para o quarto. Apagou a luz e virou-se para deixar o cômodo. Quando quase fechava a porta ouviu uma voz sonolenta chamando:

- Papai?

Helio teve mais uma vez aquela sensação de choque. Abriu a porta e acendeu a luz. O coração batia tão forte que parecia a ponto de estourar seu peito, sair-lhe pela garganta. Um calor indescritível assaltou seu rosto e alastrou-se pelo corpo. Alguma coisa se mexendo na cama no canto do quarto. Um bracinho escapando do grosso e confortável edredom.

– Papai... é você?

Hélio aproximou-se. Tentou responder mas a voz não saia. Mariana. A filha amada estava ali, deitada em seu quarto. Hélio pigarreou.

– Sou eu, filha.

– Acho que não consigo dormir... tive um sonho... com a praia.

Hélio chegou junto da menina.

– A gente vai para a praia amanhã... acho que estou morrendo de vontade de nadar, papai... acho que é por isso que não consigo dormir de novo.

Havia uma cadeira ao lado da cama, onde Hélio sentou-se com cuidado. Os olhos arregalados e a respiração entrecortada pareciam a de um homem que se deparava com um tesouro.

– Me conta uma historinha, papai?

Hélio assentiu com a cabeça.

– Continua aquela, de onde você parou ontem... – pediu a menina, no meio de um bocejo. – ... a hora em que o príncipe chega para libertar a princesinha.

Mariana apanhou a mão de Hélio e virou-se tocando a testa nos dedos entrelaçados... suspirou prolongadamente, com os olhos fechados, como se já tivesse no mais profundo sono.

Hélio tirou uma lágrima que desprendia do olho. Em seguida passou a mão sobre o cabelo da filha. Abaixou-se e beijou-lhe a testa. Acalmou-se. Sabia a história de cor, mesmo assim, esforçando-se para não desatar o aperto de mão, apanhou o livro na cabeceira. Abriu na página que exibia o cavaleiro em frente à cela do calabouço, brandindo sua espada heroicamente.

– "... vem, princesinha! – bradou o valente fidalgo. – Saia da escuridão e vamos embora daqui. Não tenha medo princesinha, pois eu já matei o dragão e venci a malvada bruxa. Já limpei o caminho até nosso ensolarado castelo onde te espera o amor e a compreensão. Vem, princesinha! Deixa essa cela escura e me dê a mão". – declamou o pai de Mariana, emocionado, olhando para a pequena princesinha que, finalmente, por obra divina, atendia seu chamado e apertava-lhe a mão.

FIM

Fale com o autor:
andrevianco@bol.com.br
Visite seu site:
www.andrevianco.com

